藍色是骨頭的顏色

Blue is the deepest color

×

潘柏霖

目 次

I

01

這是我第一次和那傢伙見面。

你覺得他怎樣？

每年暑假，會有一個多月的時間，我喜歡稱之為鬼月，那是我母親過度氾濫的救世情操，導致我必須容忍他人入侵我的世界的最大時間區段。一個多月。這一個月，我的房間會成為中途之家，專門收容那些受難的生靈——你不知道我多希望能夠貼一道符就能把踏進我房間的那些傢伙都給消滅。

但很可惜，這不是個鬼故事——或許是吧，但不是那種鬼故事。在我十三歲過後，我的房間出現過無數微妙的「房客」，有酒精成癮多年的大叔、全身穿孔辣到不行的龐克妹、英俊挺拔而性愛成癮的男人、從某個勒戒夏令營逃出的少年，還有無數五花八門的傢伙，更還有數隻動物，曾有過一個暑假，我被迫每天牧羊。我有時候會懷疑母親難道不擔心那些人強暴她的未成年兒子嗎？

你看到那個男人了吧？他坐在母親車子的副駕駛座，一副他擁有這輛車的模樣。

母親每年會從朋友那邊轉收幾位需要自願做社會服務的這類生靈，提供食宿換取協助一些書店業務，但事實上書店根本沒什麼業務需要協助，白痴都能看出來母親主要的目的是替那些剛結束療程，或者正在面臨困境的生靈，搭建一條回歸社會的橋梁。但今年由於我的父親以及他的伴侶前來度過暑假，於是便只能容納一個房客了。

我的母親相信人是可以改變的，而我他馬的不相信這狗屁說法。

那個男人和我母親一同下了車，穿著短袖襯衫，衣襟大開，露出他那天生像是被太陽吻過的膚色。他笑著和我的父親打招呼，我站在陽臺上向下看著。我記得母親所收到的轉介信中，寫道這是他戒癮的最後一站，他已經順利完成為期一年的政府規定療程——不要急著拍手，要我說的話，那根本沒啥鳥用。

你不要這樣看我，不是因為我憤世嫉俗生性多疑，雖然我確實不知道人類有什麼值得信任的地方。我這樣說，是因為十三歲過後，這十年來，我親眼見證了多少人發誓這是最後一站了，發誓他會改邪歸正、發誓他們再也不喝酒、不嗑盜版忘得糖。這些年有的復發了，自己死了倒是好事，有的還搞砸了好不容易重新建立的家庭。

這些年來我看過太多人哭得滿臉鼻涕眼淚，對天詛咒自己如果又搞砸了將怎樣怎樣，我的經驗是當母親與他們一同哭泣感傷的時候，是我吃洋芋片最好的時間，那時候洋芋片吃起來最好吃了。

我不認為這個男人和之前的那些人會有什麼不同。

我走下一樓，在書房（更合理的說法是母親的雜貨倉庫）和他見面，發現我家裡那隻總是對我愛理不理的黑貓竟然跑到那傢伙面前，蹭著那傢伙的腳踝，像是他們認識了一輩子一樣。那隻貓咪基本上自從母親從獸醫院救回來後便成為家裡的吉祥物。說是吉祥物，但其實多半牠都像是看不起大家的樣子。如果我太晚餵牠，牠還會自己推開我房間的門，毫不留情地跳到我臉上直到我起床。

我向男人伸出手，露出微笑。我和他交換了姓名，而你知道他叫做阿藍就好。握手的時候我摸到他手指的厚繭，我瞄了他手肘內側，他顯然是注意到我的窺視，立刻收回手，大剌剌地放回口袋中，看著我露出大大的微笑，而那隻該死的黑貓還鑽在我們腳邊不斷發出咕嚕聲。

母親吩咐我將他帶回「我們」的房間，並且揉了揉我的頭髮。我討厭她在其他人面前這樣做，像是我仍然是個五歲小孩提著便當盒不知道怎麼走路去學校。我伸出手要提起阿藍的行李，但他卻握得死緊，注意到父親正盯著我們，我向阿藍說道請讓我替你拿行李，這時他才將行李給了我。

我依照往例，將他帶回三樓：「我」的房間。我的房間擺設為兩側皆有一張床，門打開的左側的床比較大，唯一的大衣櫃也在左側不遠處。門的正前方就是窗戶以及長書桌，我已經將我的電腦移動到書桌的右側，當然嘛，畢竟我是睡在比較小的那張床上，儘管這是我的房間。

母親時常鼓勵我和房客多多坐在床與床之間的地板上交談，她認為那樣有助於我的人格發展，事實上這也是為什麼母親沒有重新裝潢我房間的主要原因：她認為這個房間的寬敞空間，有助於我的人格發展。

對，人格發展。現在住進我房間的，是個長年吸食盜版忘得糖的傢伙，天知道他還對多少其他東西上癮——但我卻是那個需要發展健全人格的人。

阿藍打開行李，他的裝備很凌亂：幾件短袖襯衫和短褲和襪子、一兩件長袖薄襯衫、一條破爛到一拿出行李箱就掉屑的皮帶、一本被黑色書皮包起的書、一個黑色皮製的小包包，還有幾個我沒注意到究竟是什麼的東西。在阿藍移動的時候，我坐到了我的小床上，我已經將我珍貴的東西都藏好了。以防萬一，畢竟他可是個十六歲就偷過同學錢的傢伙，如果我沒記錯的話，十七歲還偷過自己家人的錢逃家。

他打開衣櫃，發現我的衣服全都已經掛在左側衣櫃的小隔間中，而其中的抽屜也放滿我的貼身衣物。我希望他明白我多辛苦整理了我的衣服，才將外出衣衫整燙掛好。他彎下腰，拾起一件東西，我看不到究竟是什麼。他轉過身來，食指掛著我的一件泳褲，他掛在食指上晃了兩圈，問道：「你常游泳嗎？」

我連忙起身將泳褲拿走，往我的床上一扔。看向他，他比我高了一些，希望這不是我的錯覺，我微微抬起頭，說道：「和正、正正正確的人的話。」

「正確的人？」他挑起左眉。

「正、正確的人。」我重複了一次。

認為他大概誤會了我的意思，我想解釋我說這話的原意，但阿藍只是輕哼了聲，在我還來不及回應時，就整個人躺到大床上，將臉埋入枕頭，發出奇怪的悶哼聲。我愣在這兒不敢相信他毫無禮儀到這個地步，並且立刻確知了他是個非常自私的人，是如果你和他在同艘船上要沉船了，他會把你先推下去的那種人。黑貓這時候跑進房間，跳到床上，窩在他身旁——畢竟他毫不費力地霸占了我的枕頭，我的床，我的棉被，我的衣櫃，我的房間。我的世界。

還霸占了我的語言。

我知道你一定在想著，人是不能這麼快就對他人下定論，人不可貌相海水不可米杯量，或者其他任何你那腦袋能想到的俗爛比喻。但你究竟還需要什麼證據？如果霸占我的房間這件事情不能列入你的自私驗證表，那麼接下來這件事情應該可以列入了吧。

母親的習慣是當房客來臨的第一天中午，整間屋子裡的人一同坐在庭院座椅上吃飯聊天，一般這樣的活動會進行約莫一小時的時間，我認為那根本就是酷刑。而那個傢伙竟然還沒有出現，現在都已經超過約定時間半小時了，原本這時間我們全部都該吃飯至少吃了一半才對，他能賠償我這半小時嗎？

當然我可以理解他的不出席，畢竟我也真的搞不懂一群人一邊吃飯一邊聊著沒有任何意義的內容究竟有什麼效果，像是誰的兒子正在讀女性主義的書，非常驚訝原來這個世界不是他想像中的那樣，或者誰的異性戀女兒前幾天跑去北部支持婚姻平權，這到底幫助了誰，拯救了哪個受苦的靈魂，難道這樣就讓全球溫度下降了嗎？

不過我也不是要說我多在乎北極熊啦。

我是不會讓他們知道我的想法的，在餐桌上，我總是應和著他們的對話內容，並且以進食做為逃避與他們對話的手段。當我需要說話時，我不喜歡透露任何我自己的想法，我通常只是抄襲他們原先講過的話，將內容換句話說罷了。原則上這樣能夠達成兩個效果，一是阻止他們繼續探問，二是讓他們以為我多在乎。

當我被母親問到對那些「兒子」和「女兒」們行為的看法時，我放下手中的玻璃杯，停頓了幾秒（這並不是因為我要思考，而是因為我要讓他們以為我在思考），說道：「我、我覺得每、每個人都、都很努力在改、改變這個世界，他們真、真真的很厲害。我、我希望我也能和他、他他他他們一樣厲害。」

要讓他人以為你在乎他們在乎的東西，最有效的方式，就是說出他們一定會認可的內容，如果他很在乎同性婚姻合法化，說同性能夠結婚是很重要的，如果他在乎性別教育，就說性別教育不夠全面是現在這些性別不友善環境的根源，如果他們在乎——呃算了，反正你知道我的意思。

你不用真的相信你說出口的話，只要他們相信就夠了。

在我努力把半熟的荷包蛋放到白飯上，並且戳開蛋黃讓蛋液流進米飯之間時，母親正和她的朋友爭論文學的功能。母親的朋友是個在大出版社工作的總編，她哀怨說道如今牛馬蛇神都能夠自稱詩人、小說家、散文家了，明明寫得這麼差竟然還能大賣，真不知道天理何在，母親則問她你們之前那期雜誌不才找了誰誰和誰誰誰當封面受訪者嗎？

馬的，她們吵這個已經吵了半小時，照往例來說，現在大家應該都快把飯吃完了才對，而不是每個人都急著想要對文學還是什麼詩人小說家身分提出意見。另外這話題根本是每一次吃飯的必吵話題，都已經吵了這麼多次，難道沒有人發現自己在浪費時間嗎？

當又一次，被問到一樣的問題，我只是應和著每個人的話，並在他們還來不及繼續試圖與我討論時，低下頭用力吃飯。當我的努力終於發揮效果，沒人再干擾我時，我緩緩抬起頭來，發現那個傢伙雙手插在口袋朝我們這兒走了過來，他襯衫釦子全都沒扣，身子看起來似乎還有些溼溼的。想必是注意到我的視線，他朝我揮了揮手，我回以笑容。

我不敢相信那個傢伙竟敢以這麼悠閒的姿態前來，好像他的遲到都不算數一樣。

「阿藍你來啦。」

「不好意思，剛剛看海看得忘記時間了。」

母親注意到阿藍來了，停止與朋友的爭吵，把那傢伙拉到我餐桌的正對面，和大家介紹一下他。阿藍似乎對大家的話題很感興趣，一開口就是問了母親最近讀了什麼喜歡的書——天啊，又要沒完沒了了，母親最喜歡跟別人談論自己喜歡的書了，好像怕別人不知道她有讀書似的。

我一邊喝著氣泡水，一邊靜靜地聽著他們談論某本無聊的書，到底現在還有誰在看書的？書不是早該被淘汰了嗎？我就像住在一個時差太慢的國家，隔壁國家已經開始有進步科學發射衛星到天上，我們這裡還在拜託巫醫治病，唵嘛呢叭咪吽。

我注意到阿藍髮尾都還溼溼的，雖然是已經擦乾但仍然看得出來方才被水弄溼過，母親問阿藍剛剛做了什麼，阿藍則回道他去海邊看海，看著看著就走進去了。大家一陣驚呼像是發現了第一隻活著的美人魚一樣——美人魚會像這傢伙一樣盜版忘得糖成癮嗎？

我看了看我的手錶，此刻已經超過往常這見面會的時間約莫一小時，我搞不懂怎麼好像沒有人注意到這件事情，就像是那傢伙彆腳的「喔我看海看得太著迷了沒辦法誰讓我天生詩人」這種藉口都能順利被接受。最好是看海會看到忘記時間啦，海不就是過去又回來，是有什麼好一直看的。

那傢伙坐在我的對面，將生蛋打在剛盛上還冒著熱煙的飯上，有些蛋液沾到手指，他將手放進口中舔了舔，我盯著他瞧，搞不懂他把一個打蛋的動作弄成這麼情色的畫面目的究竟何在。過了幾秒鐘我才注意到我的表姊（應該是吧，我有點搞不懂他們的身分），和我一樣都在看著他的動作。

而我說我注意到我的表姊，事實上我是注意到那傢伙的視線：他正看著她。真棒，異性戀真美好，天下大同，到哪都能互相勾引——到底為什麼母親不管制一下這裡的異性戀人口數量啊？雖然說同性戀好像也沒好到哪裡就是了。

這世界還是爆炸算了。

當那傢伙開始吃飯後，他回過頭來看著我，我正打算夾起前方的肋排，不可迴避地與其視線相對。他看著我，用筷子夾起我前方的一大塊肋排，甚至沒有問我是不是打算吃那最後一塊肋排。

這是我第一天和他見面，我已經清楚他是個怎樣的人了：自私、不守時（也是自私）、異性戀（其實也是自私）、搶走我的肋排（這還是自私）。你究竟還需要多少證據才會相信我，他是個自私的人？

不要說什麼第一印象不準，你知道說第一印象不準的，都是那些第一印象失敗者嗎？

母親看著那傢伙，問道：「阿藍，你看過周圍環境了嗎？」

那傢伙放下肋排，看向母親，搖了搖頭，說道：「啊我正在想，如果不太麻煩的話，過幾天可以讓吉拿帶我去繞繞。」

他說完話的時候看向我，我幾乎要用盡全力才能壓下我翻白眼的衝動。

「吉拿？」母親笑著看我，問道，揉了揉我的頭髮。

我聳了聳肩，盡量表現出不太介意，有一點點熱情的模樣，回道：「當、當然好啊。」

馬的，我真希望他明天就真的看著海看著看著走進去，回來的時候變成屍體。

02

你看看那傢伙。

晚上不知道他跑去哪裡了，一點兒也沒有顧慮我已經睡著，凌晨大聲地打開門並且躺到床上，原本就淺眠的我一下子就被吵醒了。而過了幾個小時的現在，他整個人趴在我的床上，頭埋進我的枕頭上，太陽都晒進來了，黑貓坐在他的床（事實上是我的床）上舔著自己的身體，他還是沒有清醒的跡象。做為一個戒癮者，你不覺得他太自由了嗎？

在上週，也就是房客第一天抵達的日子，母親舉辦了小小的餐會，我得知了更多關於他的資訊，其一是他熱愛肢體接觸，其二是他的難以對話。在第一天的餐會結束後，他擁抱了每一個人，我注意到表姊和他在擁抱完之後還小聲交流了一下子。而在他試圖擁抱我之前，我便轉身走向庭院另一端的樹蔭下，坐到下頭的躺椅上，躺椅邊的小桌子上散著幾本書，我勉為其難地拿起其中一本翻閱。

之所以被迫得要看書，是因為母親的要求，在暑假期間她不希望我使用太多科技產品，她認為科技產品助長了人與人的疏離，而她希望我能活得不那麼孤獨。講真的，我並不懂她這荒唐邏輯打哪來的，想也知道不是科技產品助長人際疏離，人和人之間，本來就是疏離的。

是怎麼疏離的不重要，重要的是，人本來就是孤獨的。

不過這麼告訴母親的話，母親只會露出一個意味深長的微笑，並且揉揉我的頭髮說什麼你真的太聰明了有時候我很擔心你，之類的這種自相矛盾的話，如果我很聰明的話她究竟是還要擔心什麼？母親總是不會說出自己要求的真正目的，如果她說不讓我使用科技產品，是為了讓我不要活得太孤獨，她絕對不是這個目的，她永遠擁有好幾個目的，就像我們都是什麼微妙的棋局一樣。

例如強迫我必須在鬼月接待房客，我至今都還搞不懂她這樣的用意何在。這麼多年了，難道母親還是沒有意識到，就算我可以完好地扮演接待房客的角色，但無論她希望我從中獲取什麼經驗或感受，我都不會獲得嗎？因為我根本不想理解這些搞不清楚自己人生的人。

在終於和所有人擁抱完之後，那傢伙找到我，我正躺在躺椅上翻著書，沒有打算起身。他站到我前方，遮住了更大部分的陽光，我悶哼了聲，將書本放到我的胸膛抬頭看著他，我得承認或許我的姿態有些挑釁。

「你在看什麼？」

我將書舉起來封面朝向他，他只是回以和我一樣的悶哼聲，隨後便走回屋子。

你可以看得出來，他並不是一個很好對話的傢伙，總是問了話題之後不結束話題，就像是他在別人回應的瞬間就得到了滿足，而不需要知道更多——他那輕哼聲，聽起來像極了不屑，我多想告訴他我並不特別喜愛這本書，如果他認真多問一句書中的內容，他就會知道，我根本連書中角色的名稱都不知道。

接下來，我們有一個禮拜的時間沒有對話，他偶爾很晚才回到房間，有時候根本沒有回來。我們在早上見面時會打招呼，但也就僅止於此，沒有更多的交流。我沒有詢問他的去向，他也沒有詢問我的日子——不得不說，他的難以對話，對我來說其實是很舒適的狀態。不過今天大概就是我這舒適狀態的終點，因為我答應了母親我要在這天帶他去看看周圍環境。

現在，我坐在書桌前，趴著透過陽光盯著眼前的空魚缸，思考著（坦白說有些懊悔）上週沒有和他說明白我其實並不熱愛手中那本書。另外，如果你好奇的話，這個魚缸是在我成年時母親送給我的生日禮物，相比從前送的許多光怪陸離的禮物（芭比娃娃、保險套、自慰套、潤滑液套組、按摩棒等等），這已經算是相對中性的了。

想必母親是希望我養點東西，但我就這樣把魚缸放在桌上，終究什麼也沒放進去。

「為什麼會有個空魚缸在桌上？」

他的聲音軟綿綿地從房間的另一個時空縫隙鑽出來，我從書桌這邊回過頭看向他，回道：「沒為、為什麼。」

「一定有原因吧。」他從床上起身，上身赤裸。

我挑眉問道：「為什、什麼一、一定要有原、原原因？」

他聳聳肩，沒有繼續這話題，我意識到自己這樣輕易就對他的話語產生反應，忽然感到耳頭一熱，而我沒意識到的是他從床上起身站到我身後，直到他發出嘆息聲，大大的雙手壓到我的肩膀上——我想都沒想地就往旁移開身子。

我站起身來看他，注意到他那有些奇怪的視線，我才發現我的反應以一般人而言應該是過頭了。我連忙伸出手拍了拍他的肩膀，說道：「快、快快換衣服吧，我帶你、你去附近晃、晃晃。」

出門時母親拿了水和三明治給我們，我只喝了一口並將兩個三明治放到腳踏車前籃，那傢伙則是一口氣把整杯水喝光，又喝了第二杯。在啟程前他還和我母親深深地擁抱了好幾秒。

我讓他騎我的腳踏車，我則騎我母親的腳踏車，一開始先帶他去了附近的二手書店（也有販售新書）。原本我只是想和他介紹說這附近有間這樣的書店，結果他卻進去晃了一個小時才出來，連帶我也被迫與他一同進去。其中的三十分鐘，是他和老闆娘開始聊起最近出版的各種刊物，而我坐在旁邊翻閱一些二手陳舊泛黃的書籍，一邊聆聽他們講著最近多少新的詩集出版。

在各種書籍出版中，讓我最困惑的大概就是最近的詩集了，我並不知道它們提供了什麼樣的功能，滿是陳腔濫調的勵志語言，偽裝成什麼厭世鬼怪憂鬱作品，還賣得特別好。那就像是盜版忘得糖，吃了就能暫時忘卻煩惱，但那些煩惱沒多久一樣會回來，根本只是逃避作用而已。

經過忘得窩官方研究，盜版忘得糖的副作用時間至少長達三天，主要的副作用包括噁心、盜汗、嘔吐、肢體抽搐、失眠、幻覺、過度憂鬱——正版的忘得糖就沒有副作用，只是比較貴罷了。

完全搞不懂這傢伙幹麼吃盜版的還吃到上癮，況且如果我的記憶是精確的，根據我看母親收到的轉介信（或者那叫做自我介紹信之類的），那傢伙除了盜版忘得糖成癮之外還用過許多商品，成癮問題從十三歲第一次使用瑞雅樂剃（一種醫療管制的蟲子體液）就開始了。我完全搞不懂，他現在興高采烈地和書店老闆娘談著那些詩集多有趣多能療癒人心，但他的生活到底是有多少解決不了的困難？

「你是不是不喜歡詩集？」走出書店的阿藍問道。

他捧著一堆和書店老闆娘買的新詩集，放到我正要騎上的腳踏車前籃上，並且自行移動了籃子中的三明治，擺放到那些書上。

我回頭看向他，有些困惑，我困惑的是難道我對他的厭惡蓋過了我的偽裝嗎？我咬著下唇，過了幾秒後才搖了搖頭，回道：「沒、沒有。」

他原本腳都已經跨到腳踏車輪上了，但他忽然停下了動作，站回地面，一手扶著腳踏車，一手隨手往後撥弄了幾下頭髮。他就這樣看著我，一副指責我在說謊的姿態——好像他馬的我才是個愛說謊的人，而他是個超級誠實人一樣，他十五歲時被父母抓到使用瑞雅樂剃，還跟他們說自己只用過一次，根本撒謊不眨眼。況且成癮患者為了解決自己的癮頭什麼話都敢說，這種人還敢這樣看我，好像我不夠誠實一樣。

我回視他。我必須承認或許這樣進退不下的情況讓我有些煩躁，我聳了聳肩，回道：「你想知、知道什麼？」

他回道：「為什麼你不喜歡詩集。」

「為什、什麼我要告告、告訴你？」

他挑起眉毛，回道：「因為我問了？」

我挑起眉毛，回道：「因為你問了？」

聽聞他的回應讓我幾乎快笑了出來，我用力深呼吸了一口氣，試著模仿他的語調，如此我才能不說話停停頓頓的。而他的反應是先露出一個我想說那是笑容，但不是快樂的那種，至少我認為看上去不像。隨後搖了搖頭低下視線，騎上腳踏車。

他一下子就騎到了最鄰近的海岸。

這是母親每週會呼朋引伴來淨灘的海岸，我並不陌生，你看到的那塊巨大的石頭下方，那裡我曾經撿到過一個玻璃瓶，裡頭裝了一封信，信是真的寫了內容（情書）以及署名（甚至還有地址），如果是母親的話一定會試圖去找到這信的收件人，但我就是直接把整個物件扔到垃圾袋中。

他靠近了我一些，我下意識地往後退開，這一退開才讓我想起自己不該一直反應出我不願意與之共處的態度，這樣有損我長年在家族中經營的形象。我又向前試圖靠近他，而他此時已經蹲下身，赤手抓著石礫，用力往海面投擲，很愚蠢地連海都沒碰到。

「這裡很好看。」

「啊？」

「這裡啊，這麼好看。」他繼續抓起石礫往海面投擲，這一次碰到了海浪。

我看著這片我已經不知道看了多少年的大海，忍下想說的話。我已經經驗無數次了，無論是酒精成癮的甲乙丙，綜合藥物上癮的五六七，家庭問題的申酉戌亥，不論以何種名義，每個來這裡度過一個鬼月的傢伙，根本本質上都是觀光客。而做為觀光客，最共通的概念就是，「你在這裡生活好幸福啊」。

你試著住在一個什麼都沒有，只有風景的地方看看。

風景是不能當成飯吃的。

「是、是啊。」我隨便應聲道。

阿藍忽然站了起身，雙手扠腰，深呼吸了一大口氣，說道：「這樣就夠了。」

我「啊」了聲，意識到自己似乎一直在對他的行為展現驚訝，那個困惑的「啊」最後以很小聲很像是「呃」的發音做為收尾。他轉過身看我，指著那片海。

「你不覺得有些東西，只要擁有了，就不想要了嗎？」

「是、是這樣嗎？」我看著他。

「你有沒有過那種經驗是，你經過那間糖果店，看到中間那顆超大的巧克力球，好像跟你的頭一樣大的那種，然後你就想說天啊我好想要那個，但你父母一直沒有買給你，有一天你終於存夠了錢把那巧克力球買回家，一口咬下去卻發現這根本不是你想要吃的那種巧克力？」

他說得非常快，我看著他，無辜地回道：「我不、不吃巧克力。」

「你不吃巧克力？」聽到我的回應，他先是愣了幾秒，隨後笑了起來。他試著模仿我的話語，「我不吃巧克力。」

我忍不住也笑了起來，試著模仿他對我的模仿，我們便這樣模來仿去，好幾回之後笑到都有些累了，我深呼吸抬起頭看著他，忽然發現他離我好近。我這才看見即便他渾身看上去都是被太陽吻過的色澤，但那些沒有常被太陽照到的地方，他的手臂內側、他穿拖鞋而露出的腳踝、他襯衫開襟露出的胸膛、他短褲露出的大腿，都是白皙的，和我很接近的顏色。

阿藍現在已經夠靠近我了，我將頭稍微抬高看他，忍住太明確想要閃躲的動作，我不想讓他以為他的靠近是什麼大不了的事情。我等待他接下來的動作，他張開口想繼續說話，忽然很大的呼喚聲從附近傳來，我們同時望向聲音的來源。

在海岸的另一邊，有一頭小鯨魚似乎擱淺了，幾個人正在一旁試圖將牠推回海中，然而卻一直失敗。

「走啊！」他這樣喊道，轉過身連看也沒看就往小鯨魚和那群人的方向跑去。

我站在原地，不打算靠近他們，我不認為試圖拯救擱淺的海中生物會有什麼好結果，但在那傢伙又回過頭大喊我的名字狂揮手，搞得我確定那些路人都知道我是誰了之後，我勉為其難地走向那擱淺之地，加入他們拯救那頭小鯨魚的行列。

那頭鯨魚的尾巴有道很深的疤痕。

看上去是被魚網割傷的，我曾看過這樣的傷痕在其他的魚隻身上，即使癒合了也無法再長齊肉，通常是因為試圖掙脫魚網而讓割痕過深。但這是我第一次看到鯨魚尾巴上有這樣的痕跡。

一名只穿著短褲的男子不斷試著抱住鯨魚的頭，但鯨魚用力掙扎，而他們也無法將牠往前推行，就這樣一群人不斷摸著掙扎的鯨魚，一邊尖叫，而一旁還有個女人正在使用手機錄影，似乎是在直播（因為她正在問你們有看到嗎天啊我們在拯救鯨魚牠好可憐嗚嗚嗚）。

阿藍摸著鯨魚的頭部，他就這樣慢慢地撫摸著，我才正想和他解釋這樣是沒有意義的，牠此刻才不會對他有什麼溫和反應，只會讓牠更緊繃而已，況且離水的鯨魚因為自身體重壓迫內臟，根本沒什麼機會能夠活下來，即使是這麼小隻的鯨魚也只是多一點點生存機率而已。

我站在一旁看著他們焦急的動作，實在很想問問，是誰給他們權力拯救其他生物的？

似乎是注意到我仍然沒有動作，阿藍抬起頭看我，那眼神我一輩子也不會忘記。當然了，這樣的眼神我看過許多次了，有一次和親戚的女兒（年齡與我相仿）私下出遊，路邊遇見一隻被車輾過的小蛇，腸都有些露出了，她焦急地想要將蛇帶去找獸醫，而我只是拿了一根木棍，將蛇拉起，扔到水田之中，水田的鴨鵝一下子就衝了過來。她也是那樣子看著我的，在我告訴她，即使救活，牠也無法在野外存活，難道妳要把牠帶回妳家養嗎？

這一次我不知道怎麼了，被阿藍那樣一看，哪裡就不太對勁，或許你會知道為什麼，答應我你知道的話，告訴我好嗎？總之為了消除這種不對勁的感覺，我嘆了氣，走到阿藍身旁，和他以及周遭的人一同試圖將小鯨魚舉起。我低頭看到阿藍手臂上的痕跡，他注意到我的視線，但手仍然撐著扶著鯨魚沒有閃躲，不像初次見面那樣。

我才一靠近，這頭該死的鯨魚就不知道怎麼搞的大力拍擊尾巴，我一個重心不穩差點整個人摔到海岸上。我抬起頭看了阿藍，阿藍大聲笑著，我幾乎要用盡全力才能忍住不翻他白眼。

我站穩腳步，重新試圖當個好像在乎環保（但卻狂用塑膠袋）的人類，我彎下身打算扶住鯨魚的腹部，這才發現即使是小鯨魚而且有數人協助，這樣的動作也仍然太過困難。我盤算是否該命令一旁那仍在尖叫的直播少女打電話給消防隊或海巡署。

事實上我們已經在淺海處了，大約是小腿一半的岸處，但鯨魚仍然無法自行游走，這層海域前緣過淺，牠連實際翻身都有困難。最理想的方式當然是請海巡署派遣船隻來拖走這小鯨魚，然而前方岸石繁多，船隻也無法靠得太近。到底這頭鯨魚是怎麼來到這裡的？是有人把牠放在這裡的嗎？

我們試著推動鯨魚的身體，而牠大概也是因為氣力耗盡而減緩了掙扎的動作，這讓這一次的拯救工作變得容易了一點點。我們趁著海浪不斷打到鯨魚身體上時，集體向前推牠，讓牠身體被海浪打到。開始稍微進入深一點的海之後，推行的動作就比較容易了些，隨著大浪愈打愈高，鯨魚的身體約莫有一半入海，此時牠用力拍打著尾巴，下一次的高浪打來，差點將我們集體淹沒了。

當海浪退回去時，鯨魚已經全身沒入水中，越過礁石處，開始緩緩地自行移動了。

我還來不及往後退，下一次的大浪就又打來，而這一次的浪將我和阿藍都給推倒，我和他撞在一起，跌到岸上。阿藍整個人趴在我身邊，我們全身都溼透了。

大家都在歡呼，而阿藍大笑出聲，翻過身躺在岸上，雙手大開，嘆了一聲很長的氣。他轉過頭笑著看我，原先他眼眶中那個銳利傷人的內容物換成溫和且太過自信的東西，此時小浪打來，直接擊中他的臉（當然也打中了我的）。

真正意識到我全身溼透躺在岸上不斷被浪攻擊也沒急著離開，是當我試著從海浪中站起身，卻又一次被浪推倒的時候，而那竟然讓我有點想跟著那傢伙一起大笑。明明在我被迫和他一起解救鯨魚時，我都看見他手臂上那些隱隱約約的血管問題（藍色的，蜘蛛網般散開，被光照到還會有點反射出銀亮的光），那是注射盜版忘得糖的後遺症之一，那些就像是盜版忘得糖成癮患者的商標一樣，這種人我至今仍然搞不懂到底為什麼會存在這個世界，儘管我真的是遇到非常多這種人了——為什麼我會想跟那傢伙一起笑？

我不知道我到底是怎麼了。

03

昨天的事情根本沒有發生。

我是很想這樣告訴你啦——但很可惜小鯨魚是確實擱淺了，而我和那傢伙也確實夥同他人一起協助這生物離岸，確實也不明所以地感覺到了什麼。但一早醒來，那些「感覺」全部都因為看著我的床鋪凌亂不堪而灰飛煙滅（雖然說現在那床鋪暫時是屬於他的），取而代之的是隱隱作嘔的反感。

我昨天到底怎麼了？

我忍住不適（主要是壓抑幫他整理床鋪和行李的衝動而造成的反胃），下了床到廁所，洗臉時發現自己手臂外側有幾道岩石刮擦的傷痕，傷口已經結了一層薄薄的痂。我摸了摸那層結痂，用指甲摳了摳邊緣，感覺到一些刺刺的疼痛感才停手。

我走出廁所，換上運動服下了樓，為了將我和那傢伙昨天拯救那隻可憐鯨魚的畫面洗掉，今天我跑得特別快。我在附近的大道邊跑著，天剛亮的時候雲看起來仍是有點灰的，這時間路上幾乎不會有車輛。我一直跑到很遠很遠，根本沒有住宅（當然也沒有人類）的地方，看著前方依然筆直淨空的道路，大聲喊了好幾聲，直到我終於喊到什麼也想不起來了，才回頭。

慢跑回到家時我全身都是汗，我小跑步回到二樓浴室，那間浴室原本只是我的，現在裡頭卻有其他人的毛巾、短褲、牙刷。我拿起那傢伙的牙刷，刷毛都已經有些分岔了，我盤算著是否要告訴他這樣對牙齦有害，最後仍然決定管好自己的事情就好，於是將牙刷放回原處，開啟熱水。

換上便服，用毛巾擦乾頭髮後走下一樓，先到廚房拿了已經做好、擺放在餐籃中的香雞蛋三明治，倒了一杯紅茶一口飲盡，轉過身走向書房（我還是認為稱呼其為母親的雜貨倉庫更為妥當）。發現書房的書稍微被分區了。原先書牆遮蔽住大多數的可見視線，現在書牆消失，露出大半的書桌，以及那個正盤腿坐在書桌上的傢伙，還有莫名其妙很優雅地坐在最高的書堆上的黑貓。他抬起頭，看向我，露出一個好像我們很熟一樣的微笑。

他身上穿著一件藍色的圍裙，圍裙上還有望得獸的圖樣。望得獸是一頭純白的、已經絕種的野獸，身形巨大，頭頂擁有巨大雙角。過去遺民在每年祭祀時，會從山林獵捕一隻，將其角磨粉吸食，與神交流。晚上遺民們會吃光其肉，飲酒歌舞，隔日清晨，遺民將獻祭一名族人，置於祭壇割喉，流出的血收集成桶，塗抹於所有族人之額際，祈求神靈庇護。

我之所以知道這些，是因為在畢業時我便收到忘得窩的工作邀請，他們寄來的工作邀請信中，概述了公司的歷史、現存領導者、忘得糖的起源等等。我相信你一定很困惑為什麼我一直在望得獸忘得窩的，他們之間到底有三小關係。簡言之，忘得窩（忘記的忘）原本希望透過望得獸（期望的望）珍貴的肋骨來復活此生物，卻因為實驗失敗合成出忘得獸（忘記的忘），體型樣貌相仿，但頭上雙角和骨骼是前所未見的特殊藍色。忘得獸（忘記的忘）的骨骼磨粉加上公司特殊原料熬煮凝固後就成為忘得糖（忘記的忘），口服效力十二小時，對人體絕對安全。

我從未吃過忘得糖，但根據我認識許多固定服用的人類所提出的說法，忘得糖能夠讓他們暫時忘記煩惱，而能比較自在地走在大街上——我知道這聽起來很奇怪，但他馬的誰知道那些人平常走出家門需要多大勇氣。

而那傢伙嗑上癮的東西，是盜版忘得糖，還特地取了對應的「望得糖」作名稱。你應該聽得懂吧？我沒有讓你誤會吧？盜版忘得糖名字用的是期望的望。

母親總是告訴我不能對這些房客懷抱偏見，每個人的生活都是一場戰爭，盡可能對所有人溫柔。當然理論上我是能夠執行這些表面上的善解人意和藹可親啦，但這件事情你得要幫我保密，即便母親總是說望得糖和忘得糖是完全不同的東西，就算我看過許多研究指出忘得糖能夠降低使用者感受傷痛的能力，望得糖則是讓使用者擁有填補傷痛的能力，但我真他馬的搞不懂這之間的差別在哪裡。

如果我是個沒禮貌的人，我就會直接詢問那傢伙，畢竟那傢伙反覆進入忘得窩療養院治療望得糖成癮問題，他一定也吃過很多忘得糖。但問出這些話就會像是我對這些人有什麼偏見一樣，我當然是他馬的不可能問這問題——你應該知道我這不是偏見吧？

我看著阿藍那傢伙穿著圍裙，露出他那個我真的認為有夠愚蠢但又很難不去看的笑容，忍不住皺起眉頭想說，不是教科書上都講說成癮患者必須遠離所有觸發媒介嗎？難道望得獸圖樣的圍裙，不會觸發他那愚蠢的望得糖癮頭嗎？他到底穿著這圍裙的用意是什麼？

他從書桌跳了下來，穿著球鞋的他輕盈地跑到我面前，他手裡拿著另一件圍裙，高高舉起來遮住自己的下巴，用很搞怪的聲音說道：「你媽媽拿給我們的，這是你的！」

呃——該死。

我完全忘了，今天是書店日，我必須和房客一同去協助書店營運。這任務主要是要給這傢伙執行的，因為這是我母親那奇怪的，該怎麼講，呃，母親都怎麼解釋？啊對了，她說這是療程很重要的環節，建立什麼小成就感——我是沒什麼上癮問題需要解決，但因為我本質上就是個暑期保母，他們做什麼我當然也就只能照著做。

我接過他手中的圍裙，瞪了他一眼，他卻只是回以大大的笑容，像是所有悲傷都無所謂，因為他超開心的那種笑容。他一邊左右跳著，一邊喊著什麼今天他是店員要好好推銷書、好好賣書，因為書是世界上最重要的東西。他要和我一起當行銷小天才，一天賣出五百本諸如此類的垃圾話。

馬的，我真的想一拳打斷他的鼻梁。

我站在那間遠在另一個城市的書店櫃檯，穿著那該死的圍裙，笑臉面對已經提早入座的許多讀者。光是想到等等發表會結束後還有會後小派對，我就覺得我的笑容幾乎是用盡我靈魂的力量才擠出來的。到底為什麼只不過是個新書發表會，結束後還要弄個小派對，把書店搞得和夜店一樣，意義究竟在哪裡？

我從圍裙中掏出手機，不得不說，這是鬼月唯一這種遠程活動的好處之一。母親在這時候才會將我的手機還給我，讓我做應急使用，而現在書店的無線網路雖然斷斷續續的，但總比什麼都看不見還要好。忘得窩創設的社群網站「忘得讚」如今已經是所有人大概都會使用的社交軟體之一了，我真他馬的不懂母親這麼堅持我鬼月時候減少使用這東西的意義何在，到時候要是我前任同學們看不到我更新動態都以為我死了怎麼辦？

當我正滑忘得讚滑到一名從前同學發的讀書照片，顯示自己多努力在準備律師考試，未來還想要出國念人權法還什麼的之際，我想到的是他對自己男友（隔壁班同學）出軌的事件。當時他們在學校吵得沸沸揚揚，鬧到被劈腿方甚至直接休學了。他對著其他同學說著自己有多委屈，他男友——呃，前男友，有多難相處，個性差又凶，不懂得體貼，分手之後超噁心恐怖，還監視他，明明他就沒怎樣，那才不是劈腿明明是先分手隔天才跟其他人交往的。當時我同學們都努力在安慰他，一邊數落那名不在場的、已經休學的同學。

我看著那傢伙的動態，點了他照片愛心，將手機收回口袋中。

我真他馬的搞不懂，男同志到底為什麼總在出軌——呃當然異性戀也不遑多讓啦。但我要說的是，為什麼男同志的形象總是與性愛相關，總是抽插，總是一零不分，總是在健身房健身看對眼之後就去淋浴間，在游泳池看對眼之後就去淋浴間，在男友房間和男友室友看對眼最後也是去淋浴間。

難道沒有不做愛的男同志嗎？

這就要說回今天的新生代男同志作者了，前陣子他出了第一本散文《棒棒糖》，今天他與另一名前輩女作家舉辦新書發表會，而我們特地前來替他擔任店員，主要是因為那個，對，你看到了吧？魚頭人身的那個傢伙，他是書店老闆，他和我母親是認識許久的友人，據說從前他們還一起開了一間咖啡廳還什麼的（那都是在網路降臨之前了，我沒有真正的證據可參考，只有相簿泛黃的照片，搞不好他們其實只是咖啡廳客人假扮成老闆而已）。

書店老闆正在和作者以及前輩女作家聊天，這麼遠的距離我聽不到他們在談些什麼，我只知道他們看上去似乎滿愉快的——我並不知道和這名作者有什麼好聊天愉快的。我看過這本書（當然是被母親逼迫的），我只想告訴你，這根棒棒糖真的是沒什麼好舔的，大概三十年前的男同志散文就這樣寫了。

你有看過現在市面上存在的男同志散文嗎？你知道裡頭最常出現的是什麼內容

嗎？不是更重要的事情喔，不是他們本身的瑕疵、自身的挫敗，更不是他們真正的黑暗面。沒有人在談那些真正重要的事情，他們談什麼？對，他馬的就是同性做愛。一切都是做愛。這本書的內容當然也不例外就是在做愛。

他們到底是在做給誰看的啊？

「做給異性戀看的啊。」

那傢伙的聲音忽然從一旁傳來，我嚇得愣了一秒，握住書的雙手鬆開，摔在櫃檯桌上發出巨大的聲響。我連忙低頭收拾桌面，逃避觀望的目光，完全搞不懂他是怎麼聽見我在想什麼的。

「你在碎碎念。」像是觀察出我正在懷疑他是不是能夠讀心，他故作慷慨地解釋，「放心吧很小聲沒其他人聽到。」

「我、我沒、沒有。」

「我不是說這樣不好。」那傢伙繼續解釋，「我希望你可以更常這麼做。」

我深呼吸一口氣抬起頭看他，幾乎是要罵出話來，卻看見那傢伙得意的笑臉，一時之間想吼的字全都死在喉嚨。我搖了搖頭，沒有回應他——馬的，我最近怎麼好像總跟啞巴一樣。

「你很討厭他。」那傢伙回道。

我皺起眉頭不知道他從哪裡看出來的，但盡量逼迫自己不要做出太明顯的表情。我抿嘴露出一個笑容，低頭笑著回道：「我又不、不認識他。」

那傢伙指了指桌上那本封面是作者本人舔棒棒糖照片的書，將書推到我的面前，說道：「你討厭他象徵的那些東西。」

我將桌上的書拿過來翻面蓋住，瞪了他一眼，而他在發表會將要開始之際用很小的聲音對我說道：「我只是想告訴你我也討厭。」

沒有留給我回話的餘地，那傢伙舉起麥克風，順應老闆暗示要開場了的手勢，在作者和前輩女作家坐定位時，露出燦爛的微笑，開始進行活動開場——馬的，那傢伙完全是故意的，他根本就算好了說那話的時間點，有種把話說完啊他。

「現在我們作者就要入座了，很感謝各位前來，會後開放簽書，所以如果你們真的只是想簽書的，現在就可以離開等一個半小時過後再回來了。另外會後的小派對，如果未滿十八歲是不能參加的喔，因為會提供酒精飲料，不是因為那是性愛派對。」那傢伙等待讀者笑完後，繼續說道：「感謝各位捧場，希望你們對作者也這麼溫柔。」

那傢伙對著走向座位的作者大大鞠躬，讀者們幾乎都因為他的一舉一動而笑起來，他從我櫃檯旁邊抽屜拿出了老闆先前準備好的一罐棒棒糖，舉起棒棒糖罐子，開始發起棒棒糖，就像小時候慶生時在班上發糖果罐的那種無聊小孩。

發完棒棒糖後，那傢伙低聲和作者們稍微講了一下活動流程並且替他們倒水，過程都一副完美服務生的模樣，隨後才退回櫃檯，把舞臺交還給作者和前輩女作家。前輩女作家開始說起她認為作者的戀愛情慾寫作非常誠實，表現出新一輩男同志的生存現象，而阿藍那傢伙臉上依舊掛著他那招牌笑容，並且三不五時替作者們提供一點有趣的小搭配音效和回應，搞得臺下讀者都笑到不行。

退到舞臺邊時我注意到他臉上依舊掛著他那招牌笑臉（到底是在開朗幾點的），他轉向我的方向看了我一眼又很快轉回頭看向臺前讀者，我這才發現一件事情，那傢伙雖然現在也是笑著，看起來和他過去兩天對著我（或者對著我母親）的笑容一致，我卻感覺不到他那惹人厭的囂張氣質。

但剛剛我明明才看到他那該死的，讓人想揍的笑臉。

發表會結束後讀者一一排隊等待新生代男同志作者和前輩女作家簽名，他一邊和讀者談笑一邊拍照，還特地挑了光線比較明亮的位置，這個流程進行了大約三十分鐘。

「謝、謝謝您。」

你可能會好奇為什麼我現在拿著我自己買的書給新生代作者簽名，我只想告訴你，這是基本禮儀。做為一名店員（儘管只是一天而且還是被迫），在作者舉辦新書發表會簽書活動時沒有向作者要簽名，作者會恨你。作者都是一群很難搞的生物。

他對我露出笑容，詢問我的名字，我告訴他不需要署名（原因是如果要轉賣的話很尷尬，當然這我不會告訴他）。他簽完書後伸出手握住我的手，我愣了幾秒，禮貌上回握了一下。他向我道謝，說因為我們的協助，讓他沒那麼緊張，並且問我有沒有要參加會後的小派對。

我露出微笑點了頭。我不知道該怎麼告訴你，我有多麼想馬上用菜瓜布把手刷乾淨。

我那偉大的母親聽聞新書發表會後有派對，樂不可支地說我和阿藍正好可以熟識一下彼此，她還和阿藍說我有多會跳舞，阿藍聽了之後便在一旁扭著身體，他可能以為自己是在跳舞但他真的不是，我因為眾目睽睽，他馬的也只好和他稍微互動一下。

我真希望阿藍那傢伙不要把這誤以為是什麼友好的表示。

我和阿藍將原先讀者坐的椅子都移開收拾好，留出中間的空間充當舞池。原本書店便有在販售飲品，今天增加了棒棒糖調酒，一小杯中層層堆疊愈來愈深的粉紅色，我幾乎他馬的要忍住不呼吸才能提醒自己現在是公開場合不方便我嘔吐。

當音樂開始播放，派對很快就開始進行，我在開場時走去隔壁小隔間內整理今日的營收和幾本沒賣出去的書，阿藍不在這裡的原因是他得送先行離開的前輩女作家出去。當我整理收拾好後，走回書店（現在是夜店），我走往吧檯點了一杯氣泡水，靠著吧檯不想太接近人群。

新生代男同志作者很快便莫名其妙出現在我身旁。他手裡拿著已經喝了一半的棒棒糖調酒，對我露出一個（我猜測他認為很帥氣的）笑容。我其實不太懂一般人的邏輯，難道我這樣待在角落不像是正在進行一個「不要來煩我」的表態嗎？

「今天我好緊張，這是我第一本書。」他喝了一口調酒，問道：「你喜歡嗎？」

到底有誰會這麼自以為是問這種問題啊？

我笑了起來，點點頭。他想替我點一杯酒，但我告訴他我不太喜歡酒精飲料。他將手中的調酒飲盡，更靠近了我一些，並將右手放到我的左肩。我吞下口水，打算移開身體，讓他知道我並不感興趣，然而這時候阿藍那該死的傢伙忽然跑出來，單手搭在我肩膀上，向作者說道：「大家都在等你啊！」

阿藍那傢伙轉過頭對我眨了眨眼，以右手拇指和食指交疊比出個圈、而其他三指伸直做為手勢示意，隨後便拉著作者拉到舞池中。當他們到舞池中，周圍原本零散的人口就像是看到食物的蟑螂般向他們靠攏，沒多久時間，舞池便以阿藍那傢伙（和新生代男同志作者）為中心，音樂也隨之更改成更適合跳舞的音樂，大家開始用力跳起舞來。

我坐到吧檯的椅子上，看著新生代男同志作者的雙手撫上阿藍那傢伙的腰際，阿藍露出他在當店員時應對群眾的那種笑容，他們兩個的身體靠得很近，愈來愈近，幾乎下半身就是貼著彼此了。馬的，音樂有夠吵，我幾乎想把我的耳朵直接扯下來。

我一口喝光我杯中的氣泡水，請酒保替我再倒了一杯。

04

今天是撿垃圾的日子。

精確地稱呼，今天是淨灘活動，母親所舉辦的一項社區守望相助計畫之一。簡言之，我們必須去海邊，撿拾那些觀光客留下來的垃圾，然後讓觀光客回來的時候繼續有地方可以扔垃圾。母親堅持這是一個能夠讓社區更團結，並且也能提供鬼月房客一個接觸大眾、建立自信的管道。

說到房客，你有注意到，阿藍那傢伙到底他馬的多神出鬼沒嗎？

在前天書店派對上，那傢伙自作主張地替我分散了作者的注意力，儘管我根本不需要他的協助，而派對結束後他先是和我一同返回住處，拿了東西，隨後便喊了聲「白天見啦」就離開了，整個晚上都沒有回來，擺明就是要去和那個新生代男同志作者進行激烈運動。而清晨，我慢跑回到家，那傢伙忽然只穿著一件短褲躺在庭院躺椅上，很顯然是狂歡過後疲勞熟睡的狀態。他胸膛上蓋著一本黑色封皮的書，那是他第一天來到這裡時，我在同一個位置上看的——真是個沒創意的傢伙。

他的存在沒有維持多久，那傢伙下午又不知道跑哪裡去了，一直到晚餐時間才出現，儘管如此，母親（以及整桌人類）都非常歡迎他的出席，他坐到替他預留好的位置，夾起一堆菜，大口大口地吃起來，好像他這輩子從沒吃過東西一樣。我坐在比較不顯眼、靠近大樹的座位，觀察著大夥兒對他的目光——表姊盯著他目不轉睛地瞧，母親笑著和他說還有很多食物不用急，父親的伴侶很顯然對他襯衫敞開露出的胸膛非常感興趣。其他親戚也就罷了，我不忍多提。

全桌的人都對他這麼好奇，卻沒有人想到要詢問他究竟是跑去哪裡了。

今天清晨醒來時，那傢伙又不在床上，凌亂的床鋪（棉質合身內褲、短袖上衣、微溫的床鋪和揉成一團打開卻什麼字也沒有寫的紙條）證明了他曾經存在。原本以為他逃過今天的淨灘活動了，反正他顯然也不是個多麼環保的傢伙，看看他那什麼都沒寫又揉爛的紙條。不過當我慢跑結束沖完澡走到廚房，卻看見他出現在廚房，大口吃著熱狗三明治。

再靠近一些，我發現他是一邊吃著大熱狗三明治，一邊和我表姊花花打鬧。

他們兩人肢體靠得很近，花花用她那好看的手輕拍那傢伙的胸膛，那傢伙一副被攻擊到骨子裡去了的痛苦表情，握住花花的手。兩人在廚房一直發出笑聲，好像他們是在拍什麼浪漫愛情實境秀之類的，完全不顧廚房明明還有其他人類存在。

我在一旁拿了顆蘋果咬了一口，盡力不發出任何聲響，我覺得我應該要像是一臺動物頻道的攝影機，不影響野生異性戀（或者雙性戀）的求偶姿態，不是有什麼生態倫理在講說做為觀察生態者，要盡可能不影響生態原貌嗎？但只怪我的牙齒太堅硬蘋果太新鮮（可能是剛摘下來的吧），一咬下去他們兩人便同時看向我。

我露出一個微笑，向他們揮了手，拿取餐籃中的香雞蛋三明治，把三明治放在頭頂，稍微滑步到他們面前。當三明治很完美地落到我雙手之間時，花花一下子就笑了出來，我看向阿藍的表情，他顯然沒有欣賞我如此賣命的演出。

「他前、前天真的很、很棒欸。」

我說道，阿藍挑起眉頭，我不理會他的反應，繼續對花花說道：「還、還以為他是專、專業的主、主持持人。我就沒辦、辦法這、這這這樣。」

我抓了抓後腦杓，露出困擾的表情，花花立刻向前抱住我，說著一些一點兒意義也沒有的安慰之語，我就不讓你也被她那毫無創意的語言給傷害了，總之她就是說了一連串天生我材必有用之類的句子，好像以為我真的介意我講話的障礙一樣——你不覺得很多時候要你不要自卑的人，其實都根本看不起你嗎？

當花花放開我的身體，我走向阿藍，笑著稍微踮起腳，搭著他的肩膀。我笑著拍了拍他，對著花花說道：「他還、還超會跳舞舞的，他和辦活動的作、作者跳舞跳了超——超超超、超久，很、很多人都想跟跟跟作者跳舞但作、作者一直攬著他、他的腰，你、你就知道他有多、多厲害、害害了。」

我說這些話的時候，阿藍那傢伙看著我，露出我至今都還沒見過，像是吃到臭酸水果的表情。

母親對鬼月的淨灘活動有額外的期許，她將其視作其中一項康復療程，而既然是與房客相關的活動，當然我必須被迫與其同行。於是當我正在岸邊努力用長夾夾起不知道從哪來的丁字褲時，目睹的畫面是那該死的傢伙和花花正在海邊嬉鬧，一點兒也不像什麼康復療程，反而像是求偶真人秀。

另一方面，母親則是和父親以及父親的伴侶在遠處礁石附近撿拾海面上的垃圾，她的那個粉紅色麻布袋（完全不知道她從哪裡生出來這顏色的）已經裝得很滿了，隨著她的游泳動作漂在水面就像是一個小型的長形浮板。我還記得有一次淨灘，母親就這樣游到很遠很遠的地方，抱回一隻不知道為什麼被扔在遠方礁石上的小小狗。

求偶真人秀主演之一的阿藍從海岸石礫間夾起一個紅白塑膠袋，舉起來朝著花花揮舞，惹得花花笑著抗議，如此歡樂的情境一點兒也不像是嚴肅的淨灘活動該有的（雖然其他親戚朋友們也都差不多幹著同樣的勾當）。我在一旁夾著垃圾，夾到一個有些溼了的紙團，稍微將它拆開來看了看，裡頭什麼字也沒寫。

我看向那傢伙，又看了看夾子中的紙條，搖了搖頭，將紙條扔進袋子中。

那傢伙正在和花花潑水嬉鬧，當然他們已經快速地撿拾了許多垃圾，所以這並不是說他們在偷懶或者怎樣，畢竟淨灘活動原本就只是自以為是的環保活動罷了，本質上就是大家沒事情做聚在一起玩鬧順便做點對環境有益的事情，撿完垃圾之後就再去用塑膠吸管喝塑膠杯子裝的珍珠奶茶。

就當我用夾子夾起了一頂黑色假髮之時（你應該也覺得這是假髮吧），阿藍那傢伙跑到我面前，他的襯衫一顆釦子也沒有扣上，一隻手插入口袋中，一隻手撥弄著自己的後腦杓。他看著我，沒有馬上說話，只是抓了抓自己的頭髮，一副努力思考如何開口的樣子。過了一下子，他才問道：「你是不是在生氣？」

我抬起頭看他，搖了搖頭，而就在他繼續要提出疑問之時，我大聲對比較接近大海的花花喊道：「嘿，花、花花！妳、妳妳妳看！」

阿藍撥弄了一下自己的頭髮，看著我的表情是一副我究竟在幹麼的樣子，而我只是不露出太多表情，但我想他或許有注意到我幾乎快忍不住笑意的嘴角。花花涉水而來，她今天穿著一件短袖洋裝，事實上我想那並非淨灘活動適合的穿著，不過她大概擦光了整瓶防晒乳吧，所以大概是不會晒傷的。

我將剛剛夾起的黑色假髮舉起來，說道：「妳看、看看這個。」

「喔天啊！」花花驚呼了聲，向後退了一步。

花花的驚呼在預料之內，畢竟她是個總愛大驚小怪的女生。

這麼說並不是因為我認為女生總是大驚小怪的，但花花確實是那種女生，這是我與她十歲時在附近道路遇見一隻被車輾過的小蛇時得出的結論。那時候她才剛過完十歲生日，由於我和她是家族中少數同齡的小孩，在慶生結束後我和她在家裡附近散步，原本開心大笑的她看見蛇破肚斷腸的模樣大哭起來喊著要去找獸醫，那大驚小怪的程度真的是，他馬的不可思議。明明蛇就幾乎等於死了她是要救什麼？自己的良心嗎？

我笑了起來，說道：「超像、像水母的欸。」

「水母噁心死啦！」花花大叫道。

「哪、哪有啊！」我笑著回道，用假髮在花花面前揮來揮去。

花花用垃圾長夾將假髮夾走，扔進她的麻布袋中，好氣又好笑地（我猜測是這種情緒，因為她看上去不像真的生氣）看著我，阿藍那傢伙將自己的麻布袋從她手中取走，扔進他剛剛在一旁腳邊撿到的老虎箝。那傢伙看著我，眼神中一點兒也沒有過去幾天的光彩，現在黯淡黯淡的，就像陰天，或者放在冰箱太久潮溼黑爛的蔬菜。

「怎、怎麼會有工、工具箱啊？」

當阿藍那傢伙從一旁提來一個工具箱，我指給花花看，我注意到花花先瞄了我的身體，我這才想起來我和那傢伙一樣，都沒有把襯衫釦子扣上。我得承認這樣穿著真的是比較涼爽。但我和阿藍那傢伙不同，那傢伙的膚色是被太陽吻過的，我大概比較像是太陽完全忘記了的那個角落。

我們在原地打開工具箱，除了方才先撿到的一支老虎箝之外，工具箱裡頭還有更小尺寸的老虎箝、大大小小尺寸的螺絲、幾把對應的螺絲起子、水平儀、鐵尺，甚至還有小電鑽。或許你會覺得這很荒唐，怎麼會有人把這種有用的東西當成垃圾，但在淨灘時你會發現雖然大家對垃圾的定義多有差異，只不過對垃圾場的定義都一樣——大海、海邊，一切自己看不見的地方。

我們將工具箱也扔進麻布袋，繼續撿拾垃圾並且講著那些沒有意義的話語，花花說她在思考自己究竟要不要雙主修法律系，原因是同學都在雙主修。阿藍那傢伙意外地對大學的話題沒有提出什麼建言，他明明就是個熱愛提供建議以及亂幫忙的人——我這才想到那傢伙對大學應該有著相當複雜的情感，畢竟他大學也沒念完，第一學期就因為望得糖又一次住院了。

花花自顧自地講著大學生活有多忙碌，她都跟不上教授的進度，哪像我才二十歲就畢業了，根本是天才啊之類的。我向她解釋我只不過是運氣好剛好能夠跳級，也只是勉強提早畢業而不是什麼多了不起的事情，況且也不是真正多難考的學院——雖然事實上要不是因為母親堅持我大學必須讀到二十歲，嚴格說起來我十八歲就能夠畢業了，而至今我仍然搞不懂母親堅持這個歲數的意義何在。

在我們幾乎快將各自的麻布袋都撿滿了的時候，花花勾起阿藍那傢伙的手，她開始抱怨起自己的校園生活，說同學多凶險，很愛排擠他人，那傢伙則只是站在一旁露出他那一點兒也不討人厭的笑容，而我就只是站在後頭看著他們兩人親密的模樣。

這無聊的行程結束在花花喊著自己得去補擦防晒乳了不然就要晒黑了之後。我們一同回到岸邊放置我們物品的地方，她彎下腰從自己包包中掏出了一瓶很昂貴的防晒乳，哀號著自己擦不到背部，並將防晒乳拿給阿藍。阿藍接過防晒乳後看向我，我聳了聳肩，對他露出一個「異性戀男性讚賞同伴把到妹的」表情，他則是又露出那副聞到臭酸水果的神色。

阿藍對我搖了搖頭，用非常非常小的、幾乎等於是脣語的方式，說了一句「不要這樣，我只是把她當我的妹妹」。花花回過頭露出困惑的表情，問他剛剛說了什麼，而他只是搖了搖頭，打開防晒乳替她擦上。我坐在一旁的小塑膠摺疊椅上看著他們合作無間的舉動，不打算思考他剛剛說的那句話。

儘管我很想回問那傢伙，你不是本來就有個血緣關係上的妹妹了嗎？還需要來這裡多找一個沒有血緣關係的妹妹嗎——真他馬的是個連說謊都沒有在努力的傢伙。花花年紀和我差不多，那傢伙的妹妹明明就年紀小了許多，是要怎麼把花花當成他妹妹，時空旅行嗎？

我搖了搖頭，將有些垂落的瀏海往後撥弄了一下，看著海，深呼吸了一兩次。忽然我注意到遠處海岸礁石上有個小小的人影，看似還抱著什麼東西，阿藍那傢伙注意到我的視線，停下手中擦拭防晒乳的動作，朝海的方向看去。他才看了一眼，就將手中的防晒乳扔到地上，脫掉自己根本不算有穿著的襯衫（還扔到我身上），快步跑了起來。

我過了幾秒才意識到發生了什麼事情。

在我們又快步走回大海前，阿藍那傢伙已經跳入海中游了起來。阿藍游得很快，一下子就到達前方的礁石前，近看才發現是母親抱著一個生物從外海游回礁石處，那隻生物顯然開始極力抗拒救援，因此母親背部靠著礁石，不斷試圖抓緊那個扭動拍打的生物。阿藍游到母親身旁，一同抱住了那個生物，而我必須說他這樣的舉動一點兒也沒有意義。

母親是不需要他拯救的，他究竟以為自己是誰？

他們兩人緩慢地游回岸上，當回到岸邊，父親馬上替母親披上毛巾，而我則是在父親伴侶的多管閒事之下，從他手中拿了乾毛巾轉交給阿藍那傢伙。阿藍取走毛巾先是隨便拍了拍身體，之後將毛巾披在他肩膀上，一點兒也沒有打算從我身上取回他襯衫的跡象。

又是他那個惹人厭的笑容了。

還好他對著我露出那笑容之後就不知道跑哪去了，我才不用強忍翻白眼的衝動。

我轉回頭走近母親身旁，詢問母親究竟怎麼回事，母親解釋方才她腳有一點點抽筋，沒有大礙但一時之間沒有辦法游回來，只好靠在礁石那邊。而她抱著的那隻生物，則是在海中被壞了的廢棄魚網纏住四肢的海龜。當我看到海龜的鼻腔處有個奇怪的、褐色帶一點點藍的東西，我向母親指了指方向。

母親先是用手稍微觸摸了一下，皺起眉頭，不太確定是不是什麼生物附在海龜身上。父親和其伴侶也都靠向前，就當大家都不太確定究竟該不該取出這怪異的東西之時，阿藍那傢伙忽然大喊著借過借過並且拿著老虎箝，猶如英雄降臨，但我實在不太確定沒有專業訓練的傢伙該不該對生物執行任何動作。

我翻了白眼，這才驚覺我在他面前做了這個動作，連忙低下頭不去看他。我沒注意到他是怎樣回應我的白眼的。當我重新抬起頭來，只看見母親稍微壓著海龜，海龜躺在她的雙腿上，父親稍微從旁按住龜殼。阿藍那傢伙先是試圖用細老虎箝尖端夾住海龜鼻腔突出一點點的物件，但因為海龜一被觸碰到鼻腔就大力扭動，而始終無法夾住。

嘗試幾次不得要領後，阿藍那傢伙伸出手扶住海龜的下巴，但這樣的動作反而讓海龜抗拒得更用力了。他轉頭看向我，用頭的動作示意我從另一個方向扶住海龜的下巴，我這次成功忍住翻白眼的衝動，露出一個焦急的神情，走向一旁扶住海龜的下巴（嚴格說起來其實是頭），用那種在小嬰兒哭的時候你會用的聲音安慰海龜（到底為什麼其他人都會以為這樣有用啊）。

我拿阿藍那傢伙的襯衫墊在海龜頭部，增加摩擦力和避免我的指甲刮傷牠。

當我稍微握緊海龜的頭時，阿藍那傢伙對我眨了一下右眼，接著迅速夾住海龜鼻腔的物件，用力往後拉扯出來，我感覺到海龜的血流到我雙手上，牠真的是流了不少血。父親的伴侶立刻從他總是隨身攜帶的醫護包中取出消毒水和碘酒，替受傷的海龜稍微簡易處理了傷口避免嚴重發炎。我站起身，雙手仍然沾滿海龜的鮮血，我將雙手攤開，抬起頭看向那傢伙。

阿藍那傢伙撿起地上屬於他的襯衫，襯衫也有些沾到血了，他看著我，拿起襯衫在我面前晃了晃，接著又把襯衫扔給我。我抓住襯衫，看著他，我非常確定剛剛我又不小心瞪了他。他馬的我到底在做什麼？

他稍微靠近了我一些（精準地說起來是靠近太多了，他的手臂都有點碰觸到我的手臂了），他頭輕彎向我這邊，用很小聲很小聲的音量哼著，我非常確定是刻意的——我很想提醒他，他那個「妹妹」花花正在看我們。

海水已經有些漲潮，我們原先站的石礫處已經被海水淹過，我們的腳都泡在水裡頭了，然而受傷的海龜仍然不太動作，只是稍微拍動自己的前肢，一點兒力氣也沒有的模樣。

正當母親終於決定要將海龜載去獸醫院檢查，轉過頭問我能不能一同前往時，我點了點頭，轉過身詢問誰知道有治療過海中生物的獸醫，忽然阿藍那傢伙用力拍打我的肩膀，朝著反方向（也就是大海的方向因為我背對大海）指道。

「你看！」

我轉回過頭看向大海，母親腳前的那隻海龜開始移動了起來，沒有多久的時間，就游入水高及小腿的淺灘，一個大浪打來稍微向後退了一點，但接著牠很奮力地撥弄前肢，快速地游入海流之中，和大浪一同離開了。

伴隨海龜游回大海的舉動，母親和父親和父親的伴侶抱成一團，阿藍那傢伙的大臉忽然遮住我的視線，從正面抱住了我。

這傢伙的身體都還溼答答的，體溫很低，身體有種特別的氣味。他晃動著身子，我被迫隨著他的動作擺盪，雙手懸在空中不知道該如何是好。

我看見母親的視線落到我們這兒，我回望母親，想要對她露出一個誠懇親切的微笑，讓她知道就像所有的房客一樣，我和這個再四個多禮拜就要離開的傢伙，相處得非常融洽。

為什麼我笑不出來？

05

當我今天從樹林慢跑回來，還在思索著今天跑步途中看見的奇怪觀光客，低著頭擦汗，沒有注意到前方的危險。而我所謂的危險，不是家裡的黑貓正準備穿越大門出去探險，而是阿藍那傢伙只穿著一件短褲出現在我眼前，擋在我走上二樓的樓梯前方，忽然抱住了我。被他抱個正著，我完全來不及做出抗拒反應，他難道沒有發現我全身都是汗水有夠黏膩的嗎？

「我們成功了欸！」

而此時母親正從二樓上方走下來，她和我解釋了阿藍這傢伙過分雀躍的原因——總之，昨天一整天，母親和阿藍都不在家，原因是他們前去與屋主交涉。長話短說，母親動用遺產買下了原本是屬於一個保守團體旗下的學院別墅，這間全男子學院由於先前的醜聞而被迫關閉。大致上的消息我也不太清楚，印象中，當初新聞報導都說這是一間邪教學院，被迫關閉後還常常有影視網紅闖進裡頭希望能拍到靈異現象。

當阿藍那傢伙終於離開我的身體，我都能看見他光裸的上身沾了一點我的汗水。

我稍微用手撥弄了一下黏在我額際的瀏海，擦掉汗珠。我笑起來，對母親說這真是個好消息之類的慶祝用語，而我的微笑就在母親要求我和阿藍明後兩天前去別墅稍微整理一下，順便看看房子的狀況下變成一個尷尬的弧度（我猜測畫面上看來是這樣）。

這不是母親買下屋子前應該先做的事情嗎？當然我沒有這樣回話，我只是點了點頭，拍了拍阿藍的肩膀說「好啊好啊當然好」之類的。而母親則是走過我身邊揉了揉我明顯因為汗水溼黏的頭髮，一邊說道今天我們將一同前往海邊市集。天啊，難道他們這兩個人都沒發現我整個人都是汗臭味嗎？

啊對了，馬的，那該死的海邊市集。

海邊市集是每一年固定在鬼月舉辦的一場讓大家自以為逃離資本主義網羅，假裝自己喜歡大自然和把遺民當成動物觀賞的活動。這市集一開始只有幾十個攤位，人數還算和藹可親，近幾年幾百個攤位幾乎是塞滿了整個大海洋旁。當初只是幾個人無聊申請了區域和搭起帳篷的基本上是聯誼性質活動，後來變成大規模每年一整週不停歇的盛宴。

除了這奇形怪狀的市集活動之外，我們現在每年有這麼多演唱會、這麼多表演、這麼多每年出書好像固定排卵的無聊幼稚作者（尤其是詩人們，反正他們隨便寫也隨便賣）舉辦全國巡迴簽書活動。他馬的，我們到底需要多少這種東西讓自己感覺「我好特別」、「我好存在」啊？

「我超、超期待的。」

我對母親露出微笑說道，還握拳舉起右手上下擺動了一下，以示我的期待。而阿藍那傢伙站在一旁，又露出了他那欠扁的狐疑神情，基本上有點像是瞇起眼睛——我真的開始懷疑他能聽見我說的這些話。

母親每一年都會組隊前往集會，至少有一天大多數人都會聚集在一起，今年母親決定前去一個占卜師的攤位，占卜師不收費，但要求每個人都攜帶一件能夠代表自己的物件（她的原文句子是「想帶什麼就帶什麼」），並且手牽手圍成一圈自我介紹、講講話，全程需要絕對誠實否則會發生不好的事情。今年參與的角色有母親書店認識的新客人（對，你記得我母親本業是開一間書店的嗎？），以及花花和花花的家人。

我嚴重懷疑母親是為了阿藍那傢伙才選擇這次的活動。

你參加過匿名互助會嗎？我因為母親的要求參與過幾次，協同鬼月來的房客參與，我坐在一旁，聽著他們互相道好，講述一些自己的心情——事實上互助會在我們國家並不盛行，你或許會以為那是海外才有的行為，但這裡確實也有一些這樣的互助會，多數是使用教會或者醫院地下室等，有些醫院也會自行舉辦。

好啦你當然會想說那之前一些成癮患者房客來的時候她怎麼沒有也特地參加這個活動，我必須承認你的疑問情有可原，不過母親確實對阿藍那傢伙特別有好感，替他量身選擇這次活動也不會讓人意外，畢竟她已經不只一次告訴我阿藍這傢伙有多麼善良多麼堅強——我真的好想問他一個嗑望得糖成癮，大學剛入學沒多久就因為望得糖而逃學，之後為了錢差點燒掉自己家人住宅的傢伙到底是能多善良堅強。

哦，我還沒講完呢，那傢伙從原本的大學退學，第二申請學校沒多久又自行退學不和家人聯絡，為了錢三不五時跑回家，二十出頭歲數開始在街頭想盡辦法賺錢換取望得糖，他可是去騙過救援所的志工，向他們騙取一堆止痛藥和健康食品來轉賣換取一點點錢，只為了多吸幾顆望得糖——我是真的不知道這傢伙到底能多善良堅強。

雖然說沒有經過母親允許翻閱那傢伙的介紹信是我的過錯，但你能怪我想知道他過去發生什麼事情嗎？他可是要住在我房間躺在我床上和我度過一個多月的人欸。

我現在和陌生人牽著手，圍成一圈，中央甚至還有柴火堆起燒得滿是雲灰，還散發著烤肉香（因為有一隻烤乳豬在上頭），而花花正在進行自我介紹，她是倒數第三個人。這對我來說就像是參加那種匿名互助會一樣，一切都是虛構的親密，我真不覺得這有任何意義——如果有意義的話，阿藍不是應該早就要痊癒了嗎？他可是參加了不知道多少次了呢。

花花那傢伙一手正拿著一顆藍色的愛心抱枕，說這是她最近每天都在想的事情，她戀愛了，對方還不知道自己的心意，希望他會知道。而她說這話的同時，理所當然陳腔濫調地看著阿藍那傢伙，阿藍那傢伙對她露出一個微笑——我實在很想告訴花花，妳知道這傢伙把妳當成他妹妹看待嗎？

當花花說完話之後，輪到一名母親的書店客人，那名客人穿著無袖背心戴著圓框眼鏡，他先說了他的名字，在此我決定你只要知道他叫作文青眼鏡男就好。他在活動開始前先和我打過招呼，靠我靠得非常近，還問了我我的忘得讚帳號。我注意到他眼鏡應該根本就只是單純塑膠片完全沒有度數。

「文青眼鏡男你好。」大家同聲歡樂回道，我不甘願地回道。

「我很喜歡這種活動，我覺得海邊市集體現了人類在資本主義的虛無之下尋找安身之地的方式，甚至可以說這就像是一個快閃烏托邦。這幾天在這裡我真的很感動，覺得所有在都市的烏煙瘴氣都被淨化了，在這裡我們是有選擇的。在這裡我們自由。」

眼鏡文青男說話的同時還將自己的眼鏡脫下來，舉起眼鏡，說道：「我們都被資本主義的眼鏡給綁架了，脫掉那層框架，我們才能自由！」

他每一個字都說得很用力，就像是他要把這些話從自己喉嚨擠出來似的，我幾乎是用盡全力才沒有翻白眼（抱歉，我好像真的太常用盡全力忍著翻白眼的衝動了，之後我會減少這樣的機會）。我在文青眼鏡男慷慨激昂地說著自己有多痛恨資本主義，說我們應該推翻資本主義的時候，忍不住蹲下身假裝重新綁起自己的鞋帶，只因為我確定我不試圖遮掩一下的話大家都會發現我幾乎沒辦法忍住笑意。

就在大家和藹可親地鼓掌下，文青眼鏡男的時間結束了，接著輪到了阿藍那傢伙。那傢伙先是清了清喉嚨，少見地表現出一點弱勢的模樣，不像是過去幾天那般囂張。他從口袋中掏出一個全白的小盒子，我一看到那個盒子就知道那是什麼東西了。

這並不是因為我和他是什麼超級好朋友或者很熟識之類的，而是在忘得窩寄給我的工作邀請信件中，有那麼一張圖片，內容就是在介紹這個商品，但他們的商品圖是藍色的盒子，而阿藍那傢伙拿著的是白色的——忘得窩的那款商品是一隻以忘得獸骨骼做出的迷你忘得獸模型，推出時不到幾小時便賣光了，忘得窩後來也沒有再製作了。

至於阿藍那傢伙手中的物品，這在忘得窩的商品介紹中的附錄也有提及，望得糖——如果你還記得，也就是盜版忘得糖——那些地下攤販們甚至還抄襲了忘得窩的商品設計，出售一款「號稱」以望得獸骨骼做出的望得獸小模型，就像忘得窩正版商品擁有藍色大角，望得獸小模型則擁有白色大角。

當阿藍從盒子中拿出那望得獸小模型，和大家解釋自己明明身為一名上癮患者，卻將這物件留在身邊的原因，我實在是有點聽不下去。大致上他所說的內容，就是那些很俗濫的自我介紹，首先是說明自己對望得糖成癮，接下來說即使忘得糖能夠當作替代治療用品，但服用忘得糖會讓他感覺不到任何東西，可是他並不想要感覺不到任何東西，他想要的是停止自己那種像是座屠宰場的感覺，並且告訴大家忘得糖做為替代療法的成功率並不像是新聞報導或政府宣導中的那麼高。

抱怨完忘得窩後，他便開始說著一些陳腔濫調，像是痛苦是不會停止的，靠著其他東西是不能幫助自己逃避過往的惡魔，必須去面對那些傷痛，不能再試著用任何東西塞進那個巨大的空洞之中，每一天都是奮鬥。對成癮患者而言，康復是一條沒有盡頭的路，我希望能成為一個值得被愛以及愛人的人，之類之類的。

當阿藍說完時，大家都在鼓掌拍手，花花還說什麼你真是太勇敢了之類的，在眾人都對他的抉擇展現敬佩感動的同時，即便我真的不相信他說的任何一個字，我當然也只好表現出我對他如此努力回歸正軌的認同感，於是我鬆開和周圍兩人牽起的手，走到阿藍面前向前抱住了他。

我只是很輕地抱了他，拍了拍他的肩膀。

但阿藍這傢伙忽然向前用雙臂攬住了我。

馬的，那傢伙到底是哪根筋沒接對啊？

占卜師的怪異自我介紹活動結束在他握住每個人的手，分別低聲講了一點什麼，而他對我說的話，我必須要很精確地告訴你他是怎麼說的，你必須知道這並不是我胡言亂語，他說：「你不可能一直都一個人的，你也不可能一直說謊。」馬的，這到底是三小？到底誰需要什麼人啊？而且占卜不是已經就是說謊了嗎？

我一邊想著一百種占卜師暴斃的方式，一邊踏上海邊市集一旁的樹林——市集盡頭過了一條水泥馬路後，直走轉彎便有一條小徑能夠爬上一旁的樹林，那道樹林遼闊到擁有許多神祕的傳說（我個人是都覺得那只是騙小孩的鬼故事），我偶爾跑步時會繞進這道樹林，如果其他大路人類太多或者太陽實在太過猖狂之類的。一踏進樹林處，海邊市集的噪音忽然降低許多，更走往深處一些，外頭的聲音就更小了點。

真幸好我在大夥兒開始分食那頭烤乳豬時，藉著需要去找廁所為由逃走，否則繼續待在那裡，我恐怕得應付更多不必要的談話，況且我也不太信任此刻我的演技能夠完全遮掩我對整個活動的反感，以及，那該死的，熱愛肢體接觸的阿藍。

到底是誰允許他一直靠近我的？

我在樹林中走著，這片樹林我早上慢跑時才經過，並不算是往常我習慣的路線，然而原本的路線因為市集擺攤籌備而被擋住了，我不想要跑步時還得穿越重重障礙，於是便繞去一旁的樹林。當時還看見全副武裝的觀光客，在這裡我指稱的是，背著獵槍、大布袋和一些奇怪裝備的傢伙。

我撿起地上的石頭，想像那是花花的臉，往一旁樹幹上用力砸去——我必須承認我並不是個完美的男人，但我也不是真的多暴力的傢伙，雖然這活動真的是很無聊沒錯，但把這活動搞得像是異性戀追逐真人秀到底是怎麼回事？她幹麼不乾脆抓著阿藍那傢伙回家算了？直接一點好不好啊？

更別提那個文青眼鏡男了。

我蹲下身，撿起一顆扁平邊角尖銳的石頭，起身後扶著樹幹，在上頭刻出一個圓框眼鏡的圖樣。你知道最好笑的事情是什麼嗎？在他講什麼資本主義綁架大家啊的宣言，他卻戴了一副超級資本主義的眼鏡，一副他根本不需要，根本沒有用途，但好像能夠給他一個身分，讓他存在的東西。

這個市集根本就是他馬的一整群偽君子的盛宴。

當然你也可以指控我也在偽裝，但我對你一直都很誠實，你應該知道的吧？

在我努力在樹幹上留下我的藝術天分時，我聽到樹林旁傳來窸窸窣窣的聲音，回過頭看去，遠方似乎有個什麼生物正在移動。牠走出了樹林盡頭，那裡實際上距離我所在的位置有相當遠的距離，我幾乎是看不太到牠，唯一能確認的就是牠的體型不小和很強壯，我非常確定前方有幾根樹幹是被牠撞倒的。

窸窸窣窣的聲音來源並不是那隻生物，而是在另一個方向低聲行走的人。我不太確定他是否和我早上慢跑時看見的觀光客是同一批，因為他頭戴著黑色頭套只露出雙眼，但他們身上的裝備確實差不多，尤其是他背著的獵槍，而他不斷四處張望應該就是在——

啊！該死！

馬的，都是這個偽善活動搞到我頭腦失靈，我竟然沒有將早上看見的那群怪異觀光客和母親不斷警告我這附近山林中時常出現盜獵者畫上關聯。盜獵者是個總稱，我記得他們有個什麼名字的，但我現在一時之間想不起來，總之他們有些是來偷樹木，有些來偷挖草藥，有些則是來獵捕生物進行黑市販售。

此刻天色已經暗了，樹林又比外頭更早失去光亮，但我仍然能依稀看見面罩男的路線，我猜測他是在尋找那隻生物，但他很明顯都沒有注意到很遠的樹林盡頭樹幹被撞斷的那條小路。如果是母親的話她一定會知道該怎麼做才好，或許她會和盜獵者大打出手——呃，我想母親一定會這樣做，就算他拿著槍也一樣。

事實上我並不鼓勵那種英雄行為，我覺得該逃跑的時候就該逃跑，沒有道理你一個人和一個武裝暴徒正面對抗，任何正常人都不應該選擇那條路。於是我臨時想到的方式是我要朝另一個方向製造一點噪音，將他的注意力分散，並且趁機從樹林中離開。

就在我躲在樹幹後頭抓起石子時，忽然我被一個人點了點肩膀，我嚇得差點大叫——我這麼說並不是因為我沒有大叫，而是我叫了但我的嘴巴被對方的手掌給摀住，整個人被用力抱住讓我一時半刻無法掙扎。我回過頭瞪大雙眼看向來人，發現是阿藍那該死的傢伙。

這傢伙將食指擺放在他嘴前要我安靜，才鬆開捂住我的手，馬的，他的手心還有烤乳豬的味道。我收斂自己浮誇的情緒，深呼吸了兩回，而他則是指著那群正在樹林緩慢移動搜尋物件的傢伙，比了一個手槍的手勢，以及更遠的前方樹幹被撞到的方向，露出他那標準的困惑神情。我翻了他白眼，點點頭。

阿藍這傢伙輕身向前，從我的手中拿走石子，握住我的手將我從蹲姿拉起，在面罩男發現前方有一條小路周圍的樹幹歪斜斷根之前，朝我原本預計要扔的方向丟出石頭。這顯然引起面罩男的注意，側過頭看向聲音的來源，並且朝那個方向走去。

靜靜地等待那群人走遠，心跳稍微沒有那麼誇張時，我用力推開拉著我手的阿藍，問道：「你為什、什麼在這裡？」

「我剛剛才救了你欸。」

「我沒、沒有要你救。」我低聲說道，「你、你還是沒回答。」

「我看你走了很久都沒有回來想說來找你誰知——」

阿藍快速說著話，而就在他說話的同時，方才被吸引走注意力遠走的面罩男回過身朝我們的方向奔來，幾乎距離我們沒有幾步的距離。他舉起槍動作熟練地朝我們的方向射來，射到了我們一旁的樹幹上，我這才發現原來那不是獵槍，那是帶有針頭的麻醉槍。阿藍那傢伙見狀把我留在原地自己一個人跑了。那個垃圾東西。

面罩男隨後又朝我的方向開了好幾槍，馬的，他是以為我是大象還是什麼妖魔鬼怪需要這麼多麻醉劑嗎？我不斷向樹林的邊緣跑去，好在我比他更熟悉這個地區，這逃跑的過程雖然狼狽但我確實相信我能逃出去的。我修正我剛剛對阿藍的咒罵，我相信那就是成癮者的天性，自私自利，那是他們天生的，是我愚蠢竟然以為他不會丟下別人逃跑，或許是因為那鯨魚或者那海龜——我到底怎麼了為什麼現在還在想這些。

就在我跳過一根大樹幹，以為自己能飛，準備再轉向一旁逃出樹林時，我卻被前方長了青苔的石頭給絆倒了。當我從地上爬起來——更正，我根本沒能爬起來，我整個頭被人壓著撞到土壤上，痛到我發誓我鼻梁當場就斷了。我連頭都來不及轉，就感覺到他壓到我身上，雙臂施力掐著我的脖子。

我沒有辦法呼吸。

只不過是在樹林裡相遇有需要殺人嗎？

「你、你——」我試著要掙脫他的控制，但他卻只是掐得更緊，還害我吃進泥土。

就在我意識快要飛散的時候，我聽到很大一聲撞擊的聲音，接著便是那傢伙倒地的聲音。我跪在地上大口大口地喘著氣，擦乾嘴邊的土，抬起頭來就看見阿藍舉著一根粗木棍在他褲襠處，對我露出一個大大的微笑。

「你不會以為我丟下你了吧？」阿藍說道。

我仍舊大口大口喘著氣，回道：「你、你這、這垃、垃圾。」

「至少你變誠實了。」

我站起身，阿藍那傢伙立刻向前，他輕輕摸了我的鼻子，拍了拍我的臉頰，痛得我閉起眼睛。他笑起來說道：「沒事，破皮流了點血，只是可能臉會有點瘀青而已。」

我微喘著氣，面罩男仍然趴在地上，我發誓我能感覺到他快要爬起來了。我搶過阿藍那傢伙的木棍，用力朝他頭砸了下去，當我打算再一次打下去時，阿藍卻握住我的手臂阻止了我的動作。

「不要這樣。」阿藍說道，握著我手中的木棍。

「你在幫、幫他說、說話？他是盜、盜獵者者者欸！」

「我是在幫你。」阿藍說道：「我們可以走了。」

我低下頭看了看他，用腳踢踢他的頭，看上去他是一時半刻沒有要清醒的樣子，我哼了聲鬆開手中的木棍，阿藍則將木棍拿走，朝一旁扔去。但就在阿藍扔掉木棍時，我注意到面罩男的身體動了一下，他伸手試圖握住我的腳，我嚇得連忙向旁退了幾步。阿藍跑了過來拉著我的手（我並不知道他拉起我的手幹麼）狂奔起來，當我們快速地穿越樹林逃出黑暗的領域直奔回海邊市集的邊緣地帶時，那傢伙也跟著追到了外頭。

或許海邊市集是有一點益處的，樹林外不遠處就都是人群。阿藍拉著我跑進一場怪異的派對活動，戴著奇怪王冠的唱片騎師正在播放一些大概是九零年代的歌曲吧，我沒有聽過這些奇怪的歌，但周圍幾乎裝扮都很相似的人們看上去都很享受，中央有許多人隨著音樂擺動身體。而阿藍那傢伙一跑進來，也不知道是唱片騎師注意到他了，還是時機剛好，忽然樂風一轉，播起了很適合跳舞的音樂。

隨著舞臺的音樂節奏加快加重，跳舞的傢伙也變多了，中央原本還沒有太多人的場地忽然就擠滿了跳動著的人們，我和阿藍也就隨之被人群包圍住，而面罩男人在外圍大概一時半刻找不到我們。我猜測他不知道我們究竟是誰，他大概根本沒看清楚我們的臉，畢竟我和他最近距離接觸是被他整個人壓在地上。

馬的，我的臉好痛。

阿藍拉著我的手往他的腰部帶，低聲說道：「裝得像一點，不然會被發現。」

我扶住他的腰，順著他的律動搖擺，回道：「我不覺、覺得他會發現。」

「但我知道你在我說話的時候都很想翻白眼欸。」

「那是、是因為你很煩。」

那傢伙露出一副「逮到你了吧」的表情，我愣了幾秒，才意識到他的意思。

在我們隨著音樂擺動身體，音樂節奏愈來愈快，音調也莫名似乎拉高了些，唱片騎師拿下頭頂的深黃色王冠，看上去感覺很像是木製的，他在手中轉了幾圈，大喊了幾聲，臺下群眾注意力都轉了過去。這時候他扔出了手中的王冠。阿藍那傢伙向前跑了幾步跳了起身，藉由身高優勢搶到了王冠，轉回身來便替我戴上。

阿藍靠近我時低聲說道：「開心一點，我們剛剛救了很多動物欸。」

周圍跳舞的群眾大聲歡呼，我不知道他們在歡呼什麼。

我瞪大雙眼看著站在我面前替我戴上王冠、一臉愉快的阿藍。

II

「我覺得這個屋子討厭我。」

在我們踏進原先為全男子學院別墅中時，這是阿藍那傢伙說的第一句話——對啊全世界都討厭他，他真的是超看得起自己，好像自己多偉大一樣，房子到底要怎麼對他有意見？就在我這樣想的時候，他踩上一樓中央向上的木階梯，階梯整個碎裂開來，他單腳就陷入木層夾板中，我沒理會他的鬼吼鬼叫就自行從一旁跨過階梯先上了二樓。

當我先走到二樓挑了一個房間放下後背包時，阿藍闖了進來，將背包扔到另外一邊的床上並且整個人趴到床上。

過了幾秒，嚴格說起來是直到我清了清喉嚨呼喚他，他才將臉從床鋪轉過來看著我。我說道：「整、整個走廊都、都是房、房間。」

「但我想要睡這間。」阿藍說道。

「好、好吧。」

我站起身伸手拿了背包，忽然阿藍那傢伙就起身跳下床擋在門口，我皺起眉頭看著他，問道：「你在幹、幹麼？」

「我說過這屋子討厭我了。」

「啊？」

阿藍睜大雙眼，雙手交疊胸前說道：「我如果一個人在房間，誰知道會發生什麼恐怖的事情。」

我等了幾秒，原本想說阿藍這傢伙不過是開玩笑罷了等等就會說「哈哈你被我騙了」然後讓開，卻發現他一點也沒有要讓開的意思，他還很浮誇地左顧右盼像是這別墅中真的有鬼一樣，那些什麼「靈異事件」明明都只是無聊新聞報導和沒有名氣的影視網紅試圖想賺取點閱率而已。

我聳了聳肩，決定忍耐他的干擾，回頭放下包包。畢竟我是個知恩圖報的人，他昨天才讓我免於死在那片樹林中，雖然我或許最後仍然能靠自己逃出生天才對。

我打開包包，將晚上洗澡後打算穿的衣服掛到房間的衣櫃內，那衣櫃看起來感覺就是快要壞了，是很老舊但華麗浮誇的那種木製典雅古典衣櫃，然而卻非常輕易就打開了，一點也不費力。當我打開衣櫃時發現左側櫃門內嵌了一道全身鏡，在我要關起衣櫃時，我發現了一個怪異的狀況。

你也看到了吧，這個鏡子怎樣都照不出我的樣子。

我雙手交疊胸前看著櫃門鑲嵌的鏡子，發現無論我怎麼移動，怎樣貼近，這鏡子都照不出我的樣子。就在我基本上確信這鏡子其實是整人玩具的時候，阿藍那傢伙從床上跳起來，雙手搭著我的肩膀探頭看向前方的鏡子，而鏡子竟然就照出了他探頭的模樣，卻沒照出他被我身體擋住的部位。

「欸，鏡子照不出你欸。」

那傢伙大聲說道，他明明嘴巴就在我耳朵旁邊。我甩了甩頭，推開他太過靠近的身體，發現一離開我身後，那鏡子就照出了他的全貌——我靠近鏡子一些，鏡子仍然什麼也沒照出來，只出現一顆阿藍的頭（因為他又跑到我身後了）。他到底一直待在我後面做什麼啊？

好吧，或許這屋子是怪怪的沒錯，但我相信這大概只是原本學院用來嚇唬新生的道具，畢竟這所學院，如果你記得我告訴過你的話，被稱為邪教學院。當初這裡被報導為邪教學院的原因是那些學生是被他們的父母送來這裡學習「魔法」的——我知道這聽起來多荒唐，但當初揭露這學院醜聞的記者有一篇深度報導，詳細敘述了他潛入學院的一個月，其中充斥著許多光怪陸離的事件。據其所述，都是學院主導者們藉由魔術道具哄騙學生們相信他們真的會魔法而已。

我將櫃門關上，深呼吸了一口氣，用力搖了搖頭。

這棟別墅是母親衝動購物下的產物，原先屬於某保守團體建造成的全男子學院，自從被政府關閉後就一直沒有再住過人了，但這裡根本不太像是無人居住的房子，屋子其實是乾淨且沒太多灰塵的，感覺就是常常有人走動才是。整棟別墅占地相當大，若真的有人躲在裡頭，我想一時半刻也很難發現。

母親要求我們來這裡稍微看看環境，並且說了既然都騎腳踏車騎了這麼遠，多待一天也好。我事實上有些懷疑母親是希望能替我們製造一些私密時刻，自從看見阿藍拯救海龜的任務結束抱住我之後，我非常確定母親似乎誤會了什麼，而這傢伙後來不斷過度親密的肢體動作顯然也只是助長了母親的誤解而已。

我們的房間在別墅第二層樓，這層樓原先便是設計成學生住宿區，長長的走廊兩邊都是房間，一間房間能住兩個人，內含衛浴設備，而我猜每一層樓的最尾端的單人大房，應該是班長或者幹部之類的特殊住處。

阿藍那傢伙已經跑去觀察別墅了，床上有著他剛隨便畫出的別墅內部圖像，客觀地說，他的繪畫技術真的不錯，雖然他大學念繪畫寫作只念了一學期就退學，之後又不知道入學什麼科系，我有點忘記了，我從母親那兒翻找到的介紹信中好像沒有寫得很清楚，我應該要想辦法再去翻出那些資料的——你不要那樣看我，母親並沒有說我不能自己翻閱那些介紹信，她只說過這些是隱私，而這傢伙的資料是我這麼多年以來第一次翻閱的，按照前來的房客人數比例而論，我已經太過尊重隱私了。

我將床鋪的床單都重新鋪好後坐到床上，從背包中取出我的筆記型電腦——我能夠容忍這奇怪的遠程活動的原因，就像我告訴過你的，母親會在我需要離家時還給我我的科技產品（重點是還給我網路），這是我鬼月中少數能夠使用網路觀看真實世界的機會。

筆電連上手機的網路後，我滑動著早已更新到雲深不知處的忘得讚動態，隨意點了幾個同學貼文讚，在看到一堆人的交換學生分享心得（也就是拍了一堆在海外喝酒看球賽或者約砲或異國戀情的動態），忍不住先將筆電螢幕闔上。閉上眼睛沒多久，想必我是睡著了，當我因為傳來的巨大聲響重新張開眼睛，外頭已經出現夕陽了。

我跑到三樓，三樓原先設計成圖書室以及員工住宿區，圖書室非常廣闊，大多數的書籍都已經被拿走了，少數留下來的書籍似乎被阿藍收集放置於地板上。我走近圖書室，發現阿藍那傢伙手裡握著雞毛撢子，整個人躺在地板上，一旁是斷成兩半的梯子。

「你、你在幹麼？」我問。

「我想打掃，一踩上梯子，就摔下來了。」他小聲地回道，聽上去很挫敗。

我將他從地板上拉起來，他則和我解釋方才究竟他做了多少努力，爬到圖書室最高層架子一塊一塊清理，根本是超級優良的房客，但這房子完全不領情，讓他從梯子上摔下來，差點就撞歪鼻梁。他說話的時候還摸了摸自己的鼻梁，一副疼痛的樣子。

我看了看一旁的梯子，邊緣因為潮溼的緣故有些不夠密合，螺絲也已經鬆脫了兩顆，阿藍這傢伙如果在踏上去之前確認清楚的話，就不會這樣摔下來了——但我們都知道責備受害者是不正確的，壞人是梯子，於是我將梯子殘骸移到角落後，用手摸了摸阿藍的鼻子和有點泛紅的臉頰，確認他沒什麼大問題。

阿藍那傢伙看上去是真的也沒什麼大礙，在我確保他臉沒什麼問題之後，他便喊著要我跟他一起去地下室看看他發現的東西。我跟在他後頭，他的腳步很快，我不知道他在急什麼，他剛剛不是才一副癱軟的模樣嗎？

別墅地下室有三層，根據報導是做為教學現場使用，教室內大多數的內容物似乎都被阿藍清理掉了，一旁有幾個大大的黑色塑膠袋裝滿物件。阿藍打開那些垃圾袋，從其中掏出一些充滿怪異符號的飾品和玻璃容器，以及內容都是我從未見過符號的厚重書籍，他說那些書都是藏在地板下的（他一邊說還一邊示範給我看如何拉開地板石塊，指出許多小暗室）。

在我稍微翻閱了幾本書籍，仍然無法得知這究竟是什麼文字之後，轉過頭忽然被戴著巨大頭骨的阿藍嚇到，手中的書都掉在地板上。阿藍那傢伙大笑出聲，左右搖晃了幾下，一副很得意他嚇到我的模樣。

根據阿藍的說法，這頭骨是許多不同生物拼湊起來的，他並不知道這是怎麼製成的，因為骨頭碎片與骨頭碎片之間的接縫並沒有膠水之類的東西黏著。我要他將頭骨拿下，他堅持要用我的手機拍一張他戴巨大頭骨的照片才願意拿下，當然最後善解人意的我就順他的意思拍張照了。

阿藍那傢伙將巨大頭骨拿下後，忽然將頭骨戴到我頭上，搶過我手中的手機，趁我來不及防備時拍了好幾張照。當我好不容易將頭骨取下（到底他是怎麼這麼輕易塞到我頭上的啊），他看著手機我戴著頭骨的照片，露出他那欠扁的招牌微笑。

學院別墅後方不遠處就有一座人工湖（事實上就在學院的後方接近山脈處，湖泊大約坐落於山腳不遠處），那整座湖白天日照下是天藍色的相當清澈，此刻因為天色已經暗了其實湖水看上去是有些灰黑的，而阿藍那傢伙現在正在湖裡面游泳。

我是不太確定在這樣偏遠而且頻傳不幸事件的環境，脫到只剩一件內褲，跳進不能確定湖的深度多深以及有什麼奇怪生物存在是個安全健康的選擇。但畢竟那傢伙本來就不是安全健康的人了，不要看他現在這個樣子，他可是曾經放火燒自己父母家宅，我猜大概是因為家人不給他錢買望得糖吧。

他游到湖邊，先是潛下去，過幾秒才浮起來，問道：「你不下來嗎？」

我搖了搖頭，不打算加入他的湖中探險旅程，走到湖邊的躺椅上躺下（很奇妙地竟然連這裡的躺椅都沒有什麼灰塵，明明這裡就被封閉管制許久了）。我拿出手機，禮貌性回應幾個同學的訊息，點了幾個會因為你不點他讚就刪掉你好友的人貼文愛心，而這過程中阿藍那傢伙不斷躍出水面發出的聲響及不斷叫我下水的噪音一點兒也沒有削減的跡象。

「快下來啦！」那傢伙喊道。

我抬起頭看向又到了湖邊緣的他，覺得他大概會繼續叫嚷到我願意答應他為止，一邊嘆氣一邊解開襯衫的釦子，而那傢伙又潛下湖中，過幾秒後浮出水面時雙手抱著一隻細長如蛇一般的水底生物。他大喊道：「你不覺得你應該要幫我拍照嗎？」

我拿起手機隨便拍了幾張照片，將脫下的襯衫和手機連同短褲一同放在躺椅上，才走到湖邊，他就用手抓住我的腳把我整個人拉進湖裡，我浮出水面後將溼透的頭髮往後撥弄，阿藍那傢伙在前方不遠處露齒大笑，並且將手中的生物放回湖裡。

有隻鳥從樹林遠方飛來在湖面盤旋了一圈，我感受著微涼的湖水，發現湖水的深度其實並沒有我想像中的那麼深。原本還沒踏進來以前，因為阿藍到處游泳的姿態和過去新聞上看見對這間學院的報導，我還想說這湖水會是超級深並且裝滿奇怪生物之類的，不過我現在也只看見一些小魚和水生昆蟲而已。

阿藍那傢伙先往湖的盡頭處游去，在我緩步移動的同時，我注意到這人工湖設計似乎是愈靠近中央愈深的，水草似乎也是被安排過的，先是淺灘處生長較矮小的水草，愈接近中央則水草愈漸巨大。我緩慢游到湖中央處，湖中央的水深大約至我胸口處，這兒有些水草葉子如外星生物般蜷曲四散，滿布湖面。

湖中央就有較多生物了，雖然仍多半是體型較小的魚隻，但有幾條體型稍微較大的魚緩慢在湖面游著。我看見阿藍那傢伙打算游往我這，很想開口阻止但想說算了，反正他也不會聽，於是我便翻過身來躺在湖水面（精確說起來應該是浮著），有隻體型滿大、全身白亮的魚從我頭頂游過，我慢慢地順著水流漂回湖邊。

我注意到阿藍從湖邊游過來中央的動作停在不遠處就沒有動作了，我停止漂浮雙腳踏到湖底，看著阿藍那傢伙，我翻了白眼不敢相信他竟然這麼愛演，大喊了幾聲要他不要假扮溺水的人了，但下一秒他就忽然整個人像是被拉進湖底般消失在我面前。

如果要誠實以待的話，我承認我並不是很想理他，至少前幾秒鐘的時間我完全沒有打算靠近他，畢竟我也不是什麼救生員，更沒有救援的專門訓練，況且我真的也沒有很想救他——但那傢伙雙手不斷撥動水面傳來巨大的聲響，我忍不住嘆了氣，深吸了一口氣。

我游到阿藍那傢伙消失的位置潛下，看見他的雙手在水底掙扎，我用力握住——事實上我得告訴你這個決定是錯誤的，溺水的人不能這樣救他，你只會被他們跟著拉下去，但我對於這舉動危險性的理解顯然無法阻止我的身體在第一時間游下水中試圖把他拉上岸。

相當大的阻力似乎把我們都往湖水更深處拉動，幸好阿藍所處的位置離我並不遠，而我們此刻所站立的位置水已經只到我們腰部左右，我還能站直身體將腳抵在湖底的石頭上增加拉力。將阿藍那傢伙往後拉的阻力依舊持續著，但似乎因為我的舉動而稍微減弱了些，我順勢拉著阿藍，兩人都離開湖水返回岸上，我還拖著倒在我身上的阿藍遠離湖面，以免奇怪的東西跳出湖水把我們拖回去。

一上岸阿藍那傢伙整個人癱軟無力地倒在我身上，我被他壓在草皮上不太能移動，這才發現他比我想像得還要沉重。我大口大口地喘著氣，稍微吐出了一些水，心跳跳得很快，不太確定究竟剛才那是什麼奇怪的東西。

阿藍那傢伙躺得有點久，壓在我身上動也不動，我呼喚了幾聲他的名字他都沒有反應，我搖晃他的肩膀他也完全沒有反應，他甚至不太像是有在呼吸，我急著要爬起身確認他的狀況，這時候我發現他似乎增加了壓住我的力道，馬的，這該死的傢伙——我提起膝蓋頂了他的大腿要他滾開，他這時候才真正停止自己裝死的舉動，大聲笑了起來，雙手撐起上半身，下半身仍壓在我身上，居高臨下地看著我。

我躺著不動，向上看著頭髮還滴著水的他。

07

這是我們在別墅的第二天。

我在太陽晒到我臉上時醒來了，隔壁的阿藍還在睡覺。我想你應該會好奇為什麼阿藍那傢伙睡在我的床上，我發誓，事情絕對不是你所想像的那樣——在昨天傍晚的湖畔驚魂事件（阿藍那傢伙堅持這樣稱呼）過後，還發生了幾件零星小事，導致了他堅持要睡到我床上。因為他得出了離奇的結論，就是我只要在他身旁，屋子就不會攻擊他。

在湖畔驚魂事件結束後，阿藍那傢伙的腳踝有奇怪的抓痕，不像是人類的手，比較像是有蹼生物之類的。他堅持要泡熱水澡舒緩方才緊張的情緒，自己一邊說著便一邊脫光衣服什麼也不穿地走到浴室把熱水打開。而當我正在重新試圖與同學（前任同學，因為我比他們都還早畢業）建立友好關係之際，在浴室的阿藍瘋狂尖叫，什麼也沒穿地從裡頭跑了出來——他身體有些紅潤，他說水在他泡進去後忽然開始持續加溫，隨後他拉著我走進浴室，在我面前的景象是浴缸中的水全是黑的。

在我將浴缸塞子拔掉放光水後重新打開水龍頭，水龍頭已經恢復一般乾淨的水色了，但阿藍那傢伙說自己沒有放鬆的心情於是便隨便穿了一套衣服走去廚房打算煮一點食物來吃。母親替我們準備了一些蔬菜和醃漬肉類要我們隨著行李一同帶來，阿藍那傢伙從冰箱取出肉和蔬菜後，找到櫥櫃中的鐵鍋，拿到爐子上，轉開瓦斯（我很意外這麼久了竟然還有瓦斯能用），火一開始很小，後來忽然轟的一聲整個火蛇竄出，阿藍那傢伙的長袖襯衫右手臂的部分就著火了。

我認為這些都只不過是因為屋子許久沒有人這樣使用才會導致上述問題，而我這個說詞在阿藍忽然被一隻會飛的黑色生物（我真的不知道那是什麼生物）破窗攻擊追著在屋子中到處跑後，稍微削弱了說服力——但講真的這裡畢竟是山區，附近完全沒有住宅，最接近人類感的東西是附近的自動加油站，有許多野生生物也不能說是什麼怪事才對。

真的讓阿藍堅持要到我床上睡覺的最後一個案件是他說在一樓大廳兩側的石像會移動，雖然我是真的怎樣也看不出來，因為他把我拉到一樓大廳時，石像們都很安分，這讓阿藍很驚訝（因為他說石像剛剛都走下來了），卻也讓阿藍得出了荒謬的結論，那也就是，我對這間屋子的怪事免疫，他只要靠在我身邊就不會再被屋子傷害。

簡單地說，那傢伙就是把我當成擋煞石。

我從床上坐起身來，完全沒有注意到我的動作牽引到我們共同蓋著的雙人棉被，他完全在我的意料之外連著棉被一同滾下床，倒在地上發出嗚咽聲。他在床下盯著我，瞇起雙眼，我不太確定他是還沒睡醒或者是懷疑他跌下床是我的預謀，我個人是覺得只能說或許這個屋子真的對他有什麼意見吧。

我拿起手機拍了一張他躺在地板上的照片。

阿藍那傢伙堅持要替屋子進行全面清掃，於是第二天的行程基本上就是我和他一同在這很大間的屋子裡上上下下拿著掃把掃地拖把拖地，他甚至拿著抹布一塊一塊把屋子的玻璃都給擦乾淨，過程中並沒有出現太多災難——如果你不算上我當時人在一樓拖地，而他在二樓擦其中一個房間的玻璃，結果玻璃碎開他差點整個人從二樓窗戶摔到外頭草皮。

事實上正如我先前所說，這屋子出奇地乾淨，根本不像是荒廢許久無人居住的地方，我們並沒有花費太多時間清掃，我們或許花費比較多時間在整理阿藍砸壞的燈具或者木板碎片或者是倒掉差點壓死他（阿藍堅持是生死一線之隔）的書櫃。

在阿藍那傢伙忙著探索別墅內部狀況時，我則是回到我們房間，打開那衣櫃看看裡頭的全身鏡，而那鏡子仍然沒有照出我的模樣（也沒照出我身上的衣服），但他照出了我從衣櫃拿出來的衣服。我認定了這衣櫃是什麼魔術道具，打算到時候和母親說可以將其販售給魔術從業人員（雖然母親大概會認為這很有歷史價值就自己保存下來）。

我躺到房間床上享受片刻寧靜，然而沒有多久的時間阿藍就忽然大喊著我的名字，而聲音來源顯然相當遙遠。我起身往樓下走去，在地下室一樓沒有見到他，走到地下室二樓時他的聲音稍微清楚了些但仍然不見人影，於是我走往地下室三樓，阿藍那傢伙正在一道木門前面用力拉著門把。

「怎、怎麼了？」

「門打不開。」他轉身背部抵著門，一副精疲力竭的樣子。

我走過去，禮貌地請他讓開，稍微轉了轉門把，門就開了——阿藍那傢伙露出憤怒的表情看向天花板（好像那裡有什麼東西）咒罵了幾聲，內容大約就是你這忘恩負義不知感恩的屋子我做這麼多事情了你竟然還討厭我之類的荒唐說法。我很想提醒阿藍那傢伙這裡沒有攝影機，他不需要演得那麼用力。

但或許他是演給你看的也說不定。

在門後方（看上去像）是一個儲物間，裡頭除了有幾個奇怪骨頭拼成的骷髏頭（就像在地下室一樓你所見過的那顆）之外，還有幾個零散在四處的、應該是床單的東西，最外頭一件掛在木架子上的床單被剪了兩個洞，阿藍那傢伙一拉起床單就驚呼了聲並且馬上用床單罩住自己。他整個人都隱沒在那床單之下，只露出雙眼。

他發出鬼哭的聲音（雖然我這樣比喻但我並沒見過鬼），前後左右晃了晃頭，跑到我身後將頭靠到我肩膀上，我回頭時他又立刻跑走。他就這樣罩著床單在地下室這邊跑啊跑啊跑啊，直到床單絆倒他，他整個人跌到地板上。但很快他就又爬起來繼續一邊模仿鬼的行動一邊發出那種怪異的鬼哭聲音。

我拿起手機錄下他的活動，原本打算上傳到限時動態中，但最後打消了這個念頭。

「你在偷拍我！」那傢伙忽然喊道。

我聳聳肩，沒有否認我的行為，他走近我脫下床單，喘著氣，用床單將我整個人蓋住。我拉動床單找到雙眼的位置後，看見的便是那傢伙拿著我的手機舉在我面前不遠處。他說道：「我在錄影喔。」

我轉過頭不理睬他。而這傢伙則是開始以很浮誇的語調講話，一副他在拍攝什麼靈異節目似的。當我拿起地下室木桌上的一個小頭骨時，那傢伙便說道：「歡迎回到我的頻道！我們今天要帶你窺視另一個世界！陰間！你現在看見的是鬼魂一號，它已經住在這裡一百年了，它正拿著自己的頭骨，你知道它在想什麼嗎？讓我們更近一點觀察這奇特的一幕！」

他忽然將手機整個人往我面前舉，我被他的舉動（或者是被手機攝影這件事情）給弄到忍不住笑了出來。他將手機又移遠一些，繼續用他那誇張的語調做出旁白：「鬼魂一號顯然看不起凡人！你知道在鬼魂界，人類是不和他們坐在公車同一排的嗎？鬼魂界最有名的寓言故事，是有隻鬼，和人相戀，最後被懲罰，五魂分散的故事！那是鬼魂界小朋友們最耳熟能詳的恐怖故事！甚至還有改拍成電影，名稱就叫——請問鬼魂一號這部電影的名稱叫做什麼？」

他在我面前舉著手機，我不是很想理會他，但他顯然不會因為我的沉默而打退堂鼓。我清了清喉嚨，回道：「鬼故事？」

「鬼故事！」阿藍那傢伙大喊複誦，「很感謝鬼魂一號願意接受採訪，那今天的節目就到此為止，謝謝大家！記得要按點閱並且開啟通知才能第一時間收到更新消息！

如果喜歡的話請點個讚吧各位！」

阿藍那傢伙說完後便把手機放下，我則扯下遮住我的床單，將床單放在腿上，坐到木桌上頭。而阿藍那傢伙不知道在做什麼，跑去儲物間東翻西翻。最後他整個人鑽進雜物堆中，一會兒又從地板上爬出來，手裡拖著另外一條白色床單。

他走到我面前，拉起我腿上的床單罩住了我，接著我看見他自己也罩上床單。他遠遠地舉起手機打開相機功能，靠在我身旁，他沒有看向鏡頭，他看著我，我一時之間不太確定他打算怎樣，於是便什麼動作也沒有做。

「你現在看見的是一隻鬼，他……」

在拍下照片前他低聲說道。他說得實在太小聲了，我沒有聽完他說了什麼。

當阿藍終於結束胡鬧，天色也已經暗了。

我們走向一樓的廚房，廚房中的冰箱在我們將主電源打開後便運轉如常，裡頭原本空無一物，昨天我們放入母親要我們帶來的生鮮食品，今天剩下的是幾把生菜，一大塊醃漬烤過包在鋁箔紙中的肋排，馬鈴薯泥，一點點焗烤起司、豬絞肉、番茄、洋蔥以及其他一些母親堅持要我們帶來的調味料。

「我們要把這些東西都吃完吶。」那傢伙打開冰箱後這樣說道。

我將肋排放到左側的烤箱烤，其他東西都拿到流理臺旁，生菜先放到容器中泡水洗淨，阿藍顯然對這些東西另有打算，於是我退到一旁背部靠著冰箱，看他打開櫥櫃，從中取出鍋子，放到爐子上。

阿藍切碎蒜頭，將番茄剝皮後便打開爐火，熱鍋後將油倒入並撒下蒜頭及番茄，翻炒一會兒後加入鹽巴及洋蔥，一會兒的時間鍋子中的液體就變得有一些濃稠的樣子。阿藍一手搖晃著鍋子，似乎是要防止沾鍋，另一手則忽然伸長往我臉上一抹，我馬上聞到蒜頭和番茄的氣味。

我用手背抹掉氣味的來源，瞪了阿藍一眼，他則是笑了起來。

我雙手交疊胸前，看著阿藍——他將豬絞肉倒入鍋中翻炒，很快地鍋子中的內容物看起來就像是什麼義大利麵的肉醬了，他隨後便將煮好的東西倒入盛裝馬鈴薯泥的鐵器中，灑上一些起司，放到另一臺烤爐中烤。

「你、你很會煮東、東西。」我吞下口水，說道。

他笑起來回道：「你要吃吃看才知道啊。」

很快所有食物都準備就緒，阿藍那傢伙堅持要我先到餐桌上嚴陣以待，我只好先坐到位置上。說實在的，對於他的服務我仍然感到有些不習慣，這並不像是在家中有傭人的情況，只顯得好像我什麼事情也不會做。我看著他一樣一樣將食物端上來，最後坐到我對面。

這餐桌其實不太大，似乎是小型二人桌的樣子，我也不知道為什麼會在廚房旁邊有這樣的擺設。阿藍那傢伙雖然坐在我對面但距離仍然相當地近，所有食物和餐盤塞滿桌子後，桌子也沒剩下多少空間了。

阿藍那傢伙先用叉子替我夾起餐桌中央的肋排，並且挖了一大匙烤好的馬鈴薯泥，並且給了我一盤生菜。我拿起叉子挖起馬鈴薯泥，看著他，深呼吸了一口氣，擺出視死如歸的表情，吃下這一口薯泥。

等我吞下後，阿藍急切地問道：「怎樣怎樣？」

「滿、滿好吃的。」我點點頭回道。

他放心地靠向椅背，如釋重負的模樣，雙手交疊於後腦杓，大聲呼了口氣。

我一邊吃著食物，發現所有的食材都是剛好的，生菜、肋排、馬鈴薯泥的材料，而且這些也都是我喜歡的食物——我抬起頭看向他，皺起眉頭問道：「是、是不是我媽說的？」

阿藍那傢伙點了點頭，我放下手中的叉子，一時之間不知道該怎樣反應，最後我決定繼續吃東西。阿藍那傢伙，只是聳了聳肩笑了聲，也開始吃起食物。

我們兩人幾乎要吃完後我才想到我忘記拍照存證了，母親一定會很想看她精心安排的晚餐究竟最後長什麼樣子。我拿出手機拍了桌上的殘骸，上傳一張照片並且寫了一行「杯盤狼藉」，加上愛心貼圖。阿藍這傢伙也拿出手機，他看著我，我非常確定他又拍了幾張照片。

做為禮貌的文明人，在他面前一直使用忘得讚，卻不追蹤他的帳號似乎有些違背禮儀，於是我打開我的首頁，遞給他手機，說道：「你可、可以加、加一下。」

他接過我的手機，點了點頭，但回道：「我沒有在用社交軟體欸。」

「啊？」

「我沒有辦這個。」阿藍回道。

大概是我的表情太過震驚讓他忍不住笑了起來，他先是滑了滑我的頁面，最後點點頭，說道：「你幫我辦一個帳號吧？」

我皺起眉頭問道：「什、什麼？」

「你幫我申請一個帳號，這是我的信箱。」他在手機上頭按了按，便將自己的手機遞給了我，「密碼你就幫我弄吧，再告訴我就好了。」

我愣了幾秒不太確定這是怎麼回事，但仍然接走他的手機，快速輸入帳號和密碼，並且將他的帳號密碼都記到手機備忘錄中。最後登入時，我先用他的帳號向我的帳號發出追蹤申請，再叫拿著我手機的他點選允許追蹤，就這樣我成為了他帳號唯一一個追蹤的人。

我把手機還給他，而他拿著我的手機不知道在做些什麼，兩支手機東按西按，過了一會兒他笑了起來，抬起頭將手機還給我。我打開頁面，先看見的是他的頭貼，他用了那張戴上巨大頭骨的照片，往下滑動看見的是他的第一張貼文照片，那是我們在地下室罩起床單拍攝的照片。

他的貼文內容則寫了一行文字。

你現在看見的是一隻鬼，他正在看另一隻鬼。

08

從別墅回來後，阿藍那傢伙睡了一整天。

晚上醒來時他才從床上起身，只穿一條內褲盤腿坐在床上，靠著牆壁不知道在想些什麼。我喊了他好幾聲他也沒有什麼明確的回應，他伸手撫摸枕頭，用力握緊棉被，像是在確認他周圍環境是真實存在的一樣，沒有多久便又鑽進被窩，整個人躲進棉被中，我不太確定他是怎麼回事——母親給過我許多關於望得糖的資料，我記得根據研究，望得糖使用者即使在戒除望得糖後，多數副作用仍然會不定期發生。

今天清晨，當我結束慢跑回到家中，他人正雀躍地在廚房吃著三明治，一邊和母親大聲辯論究竟怎樣的社會才是比較適切的，一切又恢復如常。母親堅持現在社會將一切都商品化，所有原本儀式擁有的意義都被剝奪了，而阿藍那傢伙則說如果原本的意義這麼容易被剝奪，難道不代表原本的意義不夠有意義嗎？這時候的黑貓正坐在阿藍的大腿上，一副牠和阿藍很熟的樣子。

在我拿了一個三明治咬了一口時，我決定走到一旁愁眉苦臉看著手機的花花身旁。我坐到沙發上，瞄了一眼她手機的畫面，發現她正看著一個在市區發生的抗議活動資訊，是一群人在一間飲料店前方舉牌抗議那間飲料店還沒有停止提供免費塑膠吸管和塑膠外送袋。我向後靠進沙發，問道：「怎、怎麼了嗎？」

「我想去那裡。」

花花將手機遞給我看，我假裝認真閱讀上頭的資訊，儘管我剛剛已經偷看過了。我看向花花，思考著該如何拒絕她的提議，比如說我今天必須整理書——該死那我們已經整理完了，或許我需要和阿藍前去某個祕密集會，畢竟他是個成癮者，他需要常常參加什麼祕密集會。或者說今晚颱風就要來了，我們應該都不要離開屋子比較安全才是（雖然現在太陽超大天氣超好）。

就當我正要開口時，阿藍那傢伙結束了和母親的對話，硬是擠到我和花花之間，坐到我們中間的位置，花花被迫稍微向旁移動，我原本以為花花會因為能夠靠近阿藍而開心，但花花此刻的表情是有些尷尬的，不像是前些日子她總是那樣心花怒放。

阿藍伸手搭住我的肩膀，將我拉近他了些，他的動作做得有些太過自然，我稍微向左方移動試圖和他保留一點點距離，花花看我的表情似乎有些難過（我不確定，我真的不太擅長解讀表情，你能告訴我嗎）。母親走向我們，手裡拿著一根草藥捆成的草捲點火燒了，那草藥的氣味瀰漫整個廚房，她伸手揉了揉我的頭髮，露出一個笑容，天知道她是不是燒了什麼奇怪的浪漫藥草，我真的得找時間和她解釋這完全不是她誤以為的那樣。

「妳在看什麼啊，妳看了好久。」阿藍那傢伙若無其事地問道。

花花握著手機，低頭思考了幾秒，後來抬起頭說道：「我覺得我們應該要去那裡。」

隨後花花便詳細解釋了究竟這群人的抗議活動是在抗議什麼——花花的語言實在太不節制了就讓我替她總結吧。總之就是政府近日開始提倡減少使用塑膠吸管，還花了大錢請許多藝術家製作標語海報等等貼滿全國，最有名的一個設計海報是由忘得窩團隊製作，一隻海龜鼻子插了吸管流血，嘴裡咬著像是水母的塑膠袋，左前肢纏到魚網幾乎快要斷掉的圖樣。根據花花的說法，忘得讚官方社群在發出那張設計海報後，這海報成為討論趨勢長達一個禮拜。

在市區的一家飲料店，似乎在昨天（也就是阿藍莫名其妙從別墅回來一直在睡覺的時候），撕下學生貼在他們店內的那張海報，並且堅持提供塑膠吸管給客人，聲明這並沒有「違法」。花花在說這些的時候提高音量一副很不可置信的模樣，罵著店家竟然用沒有違法這種說詞來替自己謀殺海洋生物開脫。

當花花說完後，我正打算告訴她我們今天無法參與她的抗議活動，非常抱歉之類的，在我腦海中我已經預想好我必須表現出多麼懊悔的模樣，以至於花花會對我感到抱歉而抱住我並且說沒關係啊你很努力了之類的，於是我就可以逃脫這無聊的抗議活動。但阿藍那傢伙搶在我說話之前先回應了花花。

「好啊。」阿藍那傢伙看著我，笑了起來。

我想要瞪他，但花花正盯著我瞧，我吞下口水晃了晃頭，低頭將遮住視線的瀏海往後撥弄，說道：「但、但但是我們有、有事情得去、去處理。」

「你不、不記得了嗎？」我側頭看向阿藍。

「啊是喔真可惜，呃嗯沒關係啦，我知道你們也很想和我——」

花花還沒把話說完，阿藍那傢伙就打斷了花花的安慰。他側過頭看向花花，說道：「那個我可以取消啊，我傳個訊息說我今天不去就好了。」

阿藍笑起來，「我們當然該去參與這種活動啊，這樣世界才會變好。」

花花停頓了幾秒，後來露出一個大大的笑容，一掃先前她眼中的陰霾，她甚至在起身說自己要去打扮一下時分別親了阿藍和我的臉頰。我非常確定她和阿藍有過某些不愉快的對話，因為她和阿藍之間不像先前那麼親暱了，他們甚至沒有坐在一起吃早餐聊天——不過花花原本就是個善解人意的女生，雖然那其實應該算是健忘，但不要記得太多事情是比較幸福的，我猜啦。

在花花離開後阿藍轉過頭，我試圖抖掉他搭著我肩膀的手，但很顯然他的手沒有打算離開。他露出那欠扁的笑容，說道：「我知道你不想去。」

「我知道你不想去。」我深呼吸，露出那種欠扁的笑容，壓抑自己的語調，以他說話的方式說出同樣的句子，但語速快了些，我想聽起來有些含糊，但那就是我對他這句話的想法。

「但我們應該替她做點好事，她很顯然需要這個，她就像是我的妹妹。而且你記得那隻鼻子插了吸管的海龜吧？」阿藍說。

「才、才不可能只只、只是因因、因為海龜。」我稍微抬起頭看向他。

阿藍嘆了口氣，思考了幾秒後回道：「花花早上和我告白了，我沒有答應。」

我沒有馬上回應阿藍，將視線從他臉上移開，轉過頭看向母親和花花正在討論吸管抗議的畫面——母親大喊著說這真是太棒了妳一定要帶這個去，便把花花拉去一樓的書房，我猜測母親是想拿給她一些標語的布條或者裝扮之類的。我向後靠著沙發，若無其事深呼吸了幾回。

「為、為什麼？」

阿藍沒有回應，他的手臂還搭著我肩膀，我能聽到他的呼吸聲。他的手指輕輕敲著我的鎖骨，看著大家正在廚房飯廳聊天說話，而花花此時拿起一條紅色的「拒絕塑膠」紅布條戴在額際，看上去就像是髮帶，母親手上還拿著另外兩個紅布條——喔天啊母親一定想要我們也戴這該死的東西。

阿藍在母親走過來前看著我，什麼話也沒有說，我將頭向沙發的椅背靠，幾乎是側躺看著他。他的手依然輕輕敲著我的鎖骨，直到母親走過來遞給他紅色布條，他接過後以雙手綁到自己額際，對我露出一個微笑。

我們搭公車抵達市區，走了幾分鐘的路便抵達那間飲料店家。

飲料店家前方的空地聚集了不少人，看上去似乎都是全副武裝而來，甚至還有個人帶著以吸管拼裝成的鐮刀並且裝扮成以吸管拼裝（我猜想是）成的北極熊。我猜想他大概是想表現塑膠吸管的不環保危害北極熊生命（以及其他生物的生命），不過他所能想到最好的方式就是用一大堆塑膠吸管來呈現塑膠吸管的危險性。阿藍顯然也注意到那些以塑膠吸管裝扮的抗議群眾，不過他的側臉看上去是對其好奇大於嘲笑。

最前排靠近店家的抗議分子們都提著黑色塑膠袋，只是站在那兒不動，一副士兵守護城牆的模樣，而第二排則多半是以塑膠吸管變裝的人，我所能看見的大概就有塑膠吸管禮服、塑膠吸管地球、塑膠吸管天使和塑膠吸管牙刷（我不太確定那是什麼東西）。其後便是一些舉著布條或木板的群眾，我注意到一張布條上頭寫著「你們都是塑膠」。

我們兩個走在花花身後，緩慢進入人群中，有些男性抗議群眾的視線移了過來，我猜想那是因為花花的緣故——不得不說花花確實是個海報女孩，就是那種你會想把她放在海報上，吸引大家來買東西或投票的長相。

當然我猜想她的低胸洋裝也有一點點吸引力才是。

你不要那樣看我。不要誤會，我並不是在批判她的穿著，我僅僅只是指出那群男人一看到花花，視線不是在臉上、胸前就是在腿間，我和阿藍甚至得擋在一旁，阿藍搭起花花的肩膀，我猜想這個舉動才讓那些想來搭訕的人打退堂鼓。難道他們都忘記這是個抗議場合而不是社交舞會嗎？

最後我們抵達的位置偏人群邊緣後方，當人群開始喊著「拒絕塑膠」、「不肖店家」、「塑膠惡魔」之類的口號稱呼時，花花走向前一些，跟著大手舉手大喊。我則是在一旁看向阿藍，用下巴示意我們是不是該找個機會先離開這裡，而他則指了指花花，一副我們怎麼可以丟下花花一個人。

在花花轉頭看向我時我連忙大聲跟著人群喊道，而沒有多久，店家老闆便走了出來，他大聲解釋我們還有十分鐘的時間，他已經報警了，等等警察便要來驅趕我們所有人——在我意識到我們終於有了美好機會離開、同時花花又露出那莫名像是感傷的神情時，阿藍那傢伙對花花眨了右眼，忽然大聲對老闆喊道：「你以為我們會怕警察嗎！」

接下來的活動就很怪異了，在前排的抗議分子們從黑色塑膠袋中拿出塑膠吸管，下一步就集體往老闆身上砸，後頭的人們也跟著跑到前頭從塑膠袋中取出吸管往店家內砸去。就這樣，塑膠吸管雨下在店家門前，老闆躲進店內，那群人站在門外開始快速在玻璃門塗上黏著劑，並把吸管一大把一大把貼到玻璃門上。

阿藍那傢伙扯下自己頭上的布條，也伸手扯下我的，在花花也將布條拿下後，我們三人一同往街頭另一邊慢慢地散步過去（其實就是偽裝成觀光客）。我說我們應該快點離開以免被警察逮到，花花則保持沉默，阿藍看著花花的側臉，最後莫名其妙堅持要留下來觀看抗議的後續狀況。於是我們便在另一間飲料店排隊，買了三杯珍珠奶茶，並且用了特大號塑膠吸管，選了距離抗議現場最近的露天座位。

我們坐在對面的飲料店露天座位上，花花大口大口喝著珍珠奶茶，並且發出滿足的聲音，終於露出她往常那樣萬事無差、天真可愛的笑容。事實上我到現在還搞不懂花花為什麼要參與這個活動，但阿藍顯然認為這活動有助於她的心情好轉，而確實她似乎心情也好了許多（儘管我相信你也覺得這一點邏輯也沒有）。她還拿出手機要我們聚在一起拍張照，笑著說今天真是太有意義了。

花花在忘得讚貼文中打了一行「拯救世界人人有責」，並且說要標註我們兩個。她原先就有我的帳號了所以這很順利，但當她問起阿藍的帳號時，阿藍只是搖了搖頭，說他的帳號太少用了，並且馬上指著花花手機上頭其他張照片，其中一張照片花花在一座銀灰色湖泊前指著巨大石碑，他問花花那是怎麼樣的地方。

花花興高采烈地說著問號鎮那裡有一座全國僅存的食腦蝦湖泊，那些蝦子過去是用來執行死刑替代方案的（就是讓括號蝦吃掉受刑人的一部分大腦並且寄宿其中控制受刑人的生活），如今死刑替代方案也被政府廢止，食腦蝦原生地（就是那座湖）因此被列管成為觀光景點，在湖泊周圍建造巨大石碑，刻出所有受過此刑罰者的名字，以紀念過去的錯誤政策。

當花花又繼續喝起珍珠奶茶，看著抗議現場的群眾努力把吸管黏到店家門口。阿藍從口袋拿出手機，拍攝遠方的抗爭活動，轉回頭便將手機對準正在喝珍珠奶茶的我，很明顯他拍了好幾張照片。

當警車來時，抗議群眾四散，那間店的玻璃門幾乎已經被黏滿塑膠吸管了。警察事實上根本逮不到什麼人，大多數的人都鑽進小巷子之後繞著繞著就不見了，只有零星幾個人最後被帶到警車前。阿藍笑著拍下那隻塑膠吸管北極熊被塞進警車的畫面，因為塑膠吸管北極熊試圖拿著塑膠吸管鐮刀攻擊警察。

我拿出母親大發慈悲還給我的手機，連上阿藍的無線網路，滑起望得讚的動態，先是點了花花那則貼文讚，並且在貼文內容中輸入愛心和鼓掌的表情符號。接著我注意到阿藍標註了我，由於他的帳號是隱私的，目前只有我一個追蹤者，所以這張照片也只有我能看到。

他發了一張我戴著紅色布條看著抗議現場的照片。

09

你看到了吧，颱風過後的海灘上到處都是人。

清晨慢跑完後沿路已經看見不少人在淨灘了，返家後我在床上發現一張揉爛又被攤平的紙條上頭用黑色原子筆寫了一句「我先去淨灘，來找我！」，驚嘆號還加粗，光是一張紙，我都能看到那該死的傢伙提高音量喊說來找我的表情。

我拿起淨灘需要的裝備（麻布袋、麻布手套、長夾子、一瓶水），記得天氣預報說颱風結束後今天會放晴，便沒有把雨具放到背包中。抵達海灘時到處都是人，但我沒多久就找到阿藍那傢伙了，他蹲在海邊的大石頭上低頭看著海面看得入迷，完全沒注意到我走到他身後了。我真想把他從石頭上推下海中。

他已經撿滿一大袋垃圾，海灘上的垃圾少了很多，大概是因為許多人更早就先來撿拾了。我們快速撿拾沿岸的垃圾，大概中午左右便撿了兩大袋垃圾，並且放置到集合地點。阿藍在我們整理好垃圾後，說他要先去拿個東西、待會兒回來就跑走了，我則站在海灘邊看著愈來愈多的人群，一開始有些困惑難道大家都是來撿垃圾的嗎？過幾秒聽到群眾的歡呼聲，才想起今天是那個活動。

集合地的左側不遠處有一群人，那群人不是來淨灘的，他們是一個宗教團體，他們在進行年度酬神儀式。那一群人藉由選出兩名信眾，在圓圈形的場地內打到精疲力竭投降為止，據說他們認為神靈會根據被選上的信徒多賣力而賜多少福。母親每年都會向他們抗議，認為那是野蠻不可信的儀式，有一次母親還在海邊舉辦了歌唱大賽，就辦在那群信眾的隔壁。但今年母親不在，沒有人去抗議了。

母親和父親以及父親的伴侶前去一個很遠的自治小鎮，這幾天都不會回來。根據母親的解釋，她是去參加她初戀情人的同志婚禮，那個自治小鎮是全國第一個通過同志婚姻合法化的地方，她的初戀情人將是第一個合法成婚的男同志——我記得母親說他們是大學同學，她初戀情人的對象是個轉學生還什麼的，總之我比較明確的印象也就只是母親似乎對男同志情有獨鍾。

我回過頭看向遠海處，似乎有一些海鳥不斷聚集，這麼遠看不太清楚究竟發生什麼事情，而大風斷斷續續吹來也讓我有點張不太開眼睛。我走近了些想看個仔細，但我還沒走幾步，阿藍那傢伙就抓住我的手，把我拉往另一個方向，離海灘遠了些，離山路更近了一點（但其實仍然都在附近，我現在仍然能聽到那群信徒的歡呼叫好聲）。

阿藍將我拉到一旁堆疊樹枝的地方，這兒離我每天早上跑步都會經過的小徑很近，平常靠近這兒的人很少，因為另一邊有條大路開了一間忘得窩在地連鎖飲料店，通常觀光客都是直接往那個方向買一杯飲料和點心，再轉彎走向海灘欣賞海岸美景。

阿藍大概是從一早就做了這個準備，我猜想他是在淨灘過程中另外收集了一堆樹枝，並且堆疊成一個小屋子（其實比較精確的說法是帳篷）的模樣，他還用了一些垃圾塑膠袋和鐵絲將邊角加固。他拉著我進到他所搭建的「海邊度假豪宅別墅」中（他堅持這個稱呼），當我進到裡頭（地面甚至鋪了薄地毯，阿藍說那是他趁那群宗教團體鼓勵暴力時偷拿走其中一個信眾袋子裡的），他用很單調沒有什麼起伏的機器人聲音說道：「歡迎貴賓光臨！」，我則忍不住用手握拳輕捶了他的手臂，他笑著作勢躲避（但其實並沒有躲避）。

沒多久我們都躺在地毯上，並拍了幾張合照，其中一張是我們倆頭戴粉紅色塑膠袋，偽裝成水母的模樣——我們都認為這是對水母的嘲諷，因為我們對水母都抱持著巨大的反感。

你知道水母現在已經在各大洋氾濫成災，幾乎是海中瘟疫的等級了嗎？大群水母能夠吃掉許多魚苗，那些還來不及長大的魚隻們就這樣被吞噬殆盡，海洋資源正在嚴重萎縮，我們都必須盡一份力——阿藍那傢伙躺在他所搭建的海邊度假豪宅別墅中大聲喊著（這些我母親都和我講述過了），而我只是躺在一旁雙手交疊腦後，腦中都是粉紅色的水母把海洋染成粉紅色的畫面。

幾次風吹來，事實上風也沒有大到那麼誇張，不過純潔善良的海邊度假豪宅別墅禁不起惡魔的攻勢（這是阿藍說的），整個癱塌，我們兩人翻身遮住後腦杓，樹枝砸下來將我們蓋住。我抬起身撥開樹枝，和他一起離開那間海邊度假豪宅別墅的殘骸，並且用拳頭捶了下他的手臂。他大聲笑了起來。

「欸，你也要給我看看。」笑完後，阿藍喘著氣說道。

「什、什麼？」我一邊撥掉身上的別墅殘骸，一邊回應。

阿藍抬起頭撥弄自己的頭髮，說道：「你的海邊度假豪宅別墅啊。」

我也站直身體將自己凌亂的瀏海往後撥弄，直視著他，我張著雙眼不打算理會他的暗示，只是聳了聳肩膀皺起眉頭，他伸出手撥掉我肩膀上的小別墅殘骸，將兩片小樹枝擺到自己頭上，露出一個大大的笑容，並搖晃幾下身子，一副「你知道我在說什麼」的討厭表情，你也看到了吧。

馬的，我真的討厭他這個樣子。

「哇。」阿藍那傢伙環顧四周說道。

我將他帶到了我每天早上慢跑都會特地繞過去的一個地方，是一個類似海邊洞穴的區域。其實這裡離方才他所搭建海邊度假豪宅別墅的地方沒有很遠，走上山坡繞過巨石群之後便有個小洞穴了，而且還能隱隱約約聽見淨灘處那群信眾吼叫的聲音。

之所以沒什麼人知道這裡的原因，主要應該是因為對面還有另外一個更巨大且便利抵達的洞穴，許多電視節目都拍攝過那裡，觀光客的注意力幾乎都只擺在那裡，而且自從一名追蹤數相當高的忘得讚用戶發了照片指出這裡是死路只有大石頭一點都不美，其他人便一致認為這裡是片荒野。

這洞穴前方巨石群的窄道還需要跳到石頭上，才會發現其實石頭沒有完全擋住洞口，人是能夠偏身鑽進去的，而鑽進去之後的洞穴其實也不大，大概只能同時容納十個人左右，不過兩個人尚且稱得上寬敞。

阿藍那傢伙看著四周的石壁拍了好幾張照片，石壁上頭有些符號，我告訴他那些東西都不是我的傑作，早在我發現這個地方那些符號就存在了，不過這些年來我從沒有發現另外一個人到這裡的跡象，所以也沒辦法詢問任何人——當然我不會詢問我母親，我不想讓任何人知道這裡。

「所以，這裡就是你的別墅啊。」

阿藍那傢伙搭著我的肩膀，繞完四周後坐到石頭上，他側過頭看我，問道：「你都來這裡做什麼？」

我吞下口水，回道：「你真、真的想知道？」

阿藍點了點頭，我站起身，嘆了氣，走到一旁的一個石頭處，將那塊大石頭移開，石頭下的地面有些凹陷下去，剛好就是石頭的邊角形狀。我從凹陷處拿出一個忘得袋，忘得袋是最有效的防水密封袋，由忘得窩設計販售——我將袋子舉高給阿藍那傢伙瞧，他看見裡頭的小翅膀和小煙管之後，先是張大雙眼，看上去應該是有些驚訝，但很快便露出一個大大的微笑。

「哇！」阿藍那傢伙說道。

我哼了聲，打開袋子將其中的一些小翅膀倒入煙管一端，要阿藍那傢伙從我背包拿出水瓶，將水倒了些在上頭，接著便用打火機在圓管處加熱，吸了一大口後，將小煙管和打火機遞給阿藍那傢伙，並且吐了一團煙霧在他臉上。

不要急著批判我，這些小翅膀是合法無害的東西。這是迷思獸的翅膀，一種體積比一般蝴蝶小了一半、一樣擁有翅膀，需要在非常冰冷同時強光照耀的環境下才能存活的生物。這些翅膀的名稱叫做迷思粹，是拔下迷思獸的翅膀乾燥製成，通常會磨成粉末使用，但我比較習慣直接使用翅膀——這東西早在忘得糖合法化之前便已經合法了，和菸酒幾乎差不多年紀，甚至更老，從前遺民將其用來做為鎮痛藥方，以及降神的供品。

阿藍走近我這兒，朝我吐霧了一回，我輕推他胸膛，他拉起我的手將我拉回原先我們坐定的位置。他又吸了一口。

「這沒、沒關係吧？」我看著他，考慮了一下他的望得糖成癮狀況，問道。

他點了點頭，過幾秒笑了起來，說道：「我跟你媽媽一起抽過。」

「什、什麼時候？」

「我來的第一天晚上吧。」阿藍想了想，「她問了我一些事情。」

「什、什麼事情？」我馬上回道。

問出口我才覺得自己是個白痴，馬的我幹麼問這種事情，母親和鬼月房客聊天抽迷思粹都是很平常的事情，我也從沒好奇過究竟他們都在講些什麼。我搖了搖頭，說道：「你不、不用告訴我沒、沒關係。」

阿藍抽了一口，洞窟內煙霧繚繞，他說道：「你知道你有那個表情吧。」

我吞下口水，問道：「什、什麼？」

「很擔心被看見的表情。」阿藍回道。

我接過他手中的小煙管和打火機，燒熱管子後吸了一大口，讓氣體在肺部靜繞幾秒，再從口鼻吐出。我沒有回應他，只是看著他。外頭顯然是下起雨了，洞窟內能聽見雨滴的聲音，有些雨也落到裡頭了，外頭信眾的吼叫聲似乎愈來愈大，參雜了一些不太神聖的咒罵詞彙，連洞窟內都能聽見隻字片語，說實在真的很讓人分心。

「你知道我是雙胞胎嗎？」阿藍忽然說道。

我搖了搖頭，這沒有出現在母親提供給我的關於他的個人資訊中。

「我哥哥，他有魔法，他是巫師，但我什麼都沒有。」阿藍看著我笑起來，「我就是個人類，他每天在家裡飛來飛去，揮揮魔杖念念咒語就把家裡都打掃乾淨了，我每天都要跪下來拖地打掃個半天。」

我回道：「你在、在開、開玩笑吧。」

「我才不會開這種玩笑！」阿藍用力搖頭以示自己的清白，「啊，嚴格說起來他是半個巫師，因為我母親是人類。」

「因為是半個巫師，他會有一半的時間失去法力，那陣子他會非常痛苦，他的頭髮一夜之間就會變成白色的，他每天都會躺在床上，幾乎無法離開床。他連話也不太會說，有時候我會覺得他像是屋子裡的幽靈。他失去法力的時候偶爾會飄起來，我們得用繩子把他綁住繞在床角，他才不會一直飄飄飄飄走。」

阿藍那傢伙看著我，沒有繼續說話，因為他的表情實在太嚴肅了，我發誓我幾乎覺得那看起來像是哭了的表情但明明完全沒有眼淚，我不太確定他究竟是不是在整我，於是無法回應——直到他大聲低頭笑了出來，我用拳頭捶了他好幾下。

「換你說。」阿藍擋下我的拳頭，說道。

我問道：「說、說什麼？」

「說真話。」阿藍點點頭，「一個真話換一個真話，現在換你了。」

「你剛、剛剛那才不是真話。」

阿藍看著我，我將瀏海往後撥弄了一下，看他沒有打算退讓，也不打算讓他如願，於是我們便這樣對望了好幾秒。

「那我猜，你告訴我是不是真的。」阿藍妥協式地笑了。

我悶哼了聲，聳了聳肩。

阿藍說道：「你覺得其他人都很笨。」

我想了一下，下意識搖頭，阿藍那傢伙搖搖手指，我嘆了氣，回道：「我不、不是覺得大家都很、很很笨。」

「嗯？」阿藍刻意拉長尾音，吐出一口煙霧。

「我、我只是、是覺得他、他們都太——」

「慢了。」阿藍和我同時說出最後一個字。

看著阿藍那得意的表情，我搶過他手中的煙管，吸了一口。他笑著說道：「後天是不是又要辦派對了？」

「扮、扮裝派、派對。」我聳了聳肩。

「有時候我——」

阿藍開口，但馬上停下，我看著他，不明白他怎麼忽然停頓，我接過他手中的煙管，他低下頭，側面看起來似乎是在思考一些事情，我沒有詢問，只是等著他決定好自己要說些什麼。當他終於抬起頭看我時，吐出煙霧，煙霧遮蔽住他。你不覺得他看起來真的有些像是要消失了嗎？

「呃，要是，嗯——你知道有時候明明你就在這裡，但一瞬間你又覺得，好像自己不在任何地方，就像是在電影院看電影，散場時很多人都笑了，你卻被嚇到哭出來嗎？」他露出一個小微笑。

我想了想，雖然話題有點跳躍，但我猜想他是因為想到派對的緣故，通常在派對上常常會有那種狀況，我記得這還有個專有名詞，專門指出這種在派對上明明很熱鬧、大家都在笑你卻忽然驚醒、困惑為什麼我現在在這裡的現象，但現在，專有名詞不是很重要的事情，我相信你自己能查到。

我點了點頭，回道：「就、就像是你、你在鬼屋裡面？」

「對！」阿藍急切地喊了聲，繼續說道：「就像你在鬼屋，你看到很多其他人，你怎麼喊，他們都沒有回應，但你明明看得見他們。你知道鬼怪就要來了，你想要叫他們逃跑，但他們都沒聽到。你最後才發現自己就是那隻鬼。」

他看著我，最後又抬起頭看向洞穴頂部，我一時之間不知道要回應他什麼比較好，於是便伸手放到他後腦杓，輕輕揉了他的頭髮，手指在其中繞了幾圈，直到他晃了晃頭露出一個微笑。

「你這、這幾天看、看看看起、起來都很開心。」我說道。

阿藍低下頭，用手扶住額頭，輕輕搖了搖他的頭。過了幾秒後他抬起頭，看著我，伸手扶住我的後腦杓，向他拉近了些，以額際靠著我的額際，笑起來說道，「我現在很開心。」

我還沒有回應他，外頭傳來的巨大吵雜聲響終於抵達不可理喻的程度，人群的聲音大到連在洞穴內都已經能夠清楚聽見——我非常確定此刻有好幾個男人大聲叫罵，女性哭泣，和男性哭泣的聲音。我和阿藍將東西都放回原處，爬出洞窟，這時還下著雨，我沒有帶傘，因為那該死的天氣預報。不過阿藍顯然不太在意，我也就隨著他的腳步快跑回淨灘處。

我們所看見的畫面是一些死掉的海洋生物被沖上岸邊的景象。經過人群附近，聽見那群信眾的叫罵。他們正在辱罵一個很好看的西裝少年。西裝少年腳邊有個少年抱著他的腳踝，滿頭都是鮮血，根據他們的叫罵，可以推測出，西裝少年阻止了酬神儀式，那名流血少年是他從場中救出去的，信眾們都大聲咒罵那西裝少年是惡魔（或者更恐怖的東西，什麼七顆頭十支角還什麼的，說真的我對他們說的話不太在意），並且指出現在這些噩耗都是他害的。

海灘邊際，原先信眾聚集酬神之處滿是鮮血，血隨著雨水流入海中，我將溼透的頭髮往後撥弄，和阿藍同時看見大浪將一頭小鯨魚沖上岸了，我跟在阿藍後頭跑向那處，那頭小鯨魚已經被不知道是什麼生物咬掉大半腹部，裡頭也幾乎都空心了，體型和之前擱淺的那隻小鯨魚很接近。

阿藍伸手將自己的頭髮往後撥弄，以避免雨水弄溼頭髮遮住視線，快步走到鯨魚尾巴處，我看見他深呼吸了一口氣，動也不動就站在那兒，我喊他他也沒有回應。我走向前看了看尾巴，發現那尾巴的傷痕和先前我們救出的那頭鯨魚一模一樣。

你也看到了吧。

10

今天的阿藍到處跑來跑去。

那傢伙昨天睡了一整天後，恢復了他往常的過動模式，首先他是在我晨跑結束回家後，和扮裝派對安排師吵著要增加一些擺飾，當對方終於妥協點頭後，衝出門不知道去了哪裡，過沒多久回來時抱著一大袋衛生紙和血漿（以及許多我不知道的東西）。他在地板上鋪滿報紙，要我拉著衛生紙的一端，他則是一步一步往後退，一邊用刷子將血漿灑到衛生紙上，就這樣重複直到所有衛生紙都灑上零落的血漿為止。最後他將衛生紙到處纏上原本就有的室內擺飾，還將原本母親準備好的許多布偶都改造成開腸剖肚、眼珠露出的模樣。

好像這樣不夠誇張一樣，阿藍把血漿桶放在報紙上，將自己淋滿血漿，露出微笑的他在我還來不及阻止他時，便抱住才剛洗好澡的我，硬是和我十指交扣，搞得我全身手腳都是血漿。他要我和他一同在梁柱和牆壁上沾滿手印，腳掌因為也沾了血漿的緣故走在地板上同時便印出印子，他還不斷回頭去補沾血漿。我注意到黑貓今天都沒有靠近阿藍，不知道是不是因為擔心自己美麗的毛皮被沾到血漿。

阿藍向一旁看得呆愣的派對安排師保證那是用水就能清掉的血漿，我敢向你保證，母親一定完全不介意這些事情並且會更加喜歡阿藍就是了。雖然母親在前去婚禮時提醒過我，要稍微注意一下阿藍這幾天的狀況，但她總是那樣提醒我關心每一個房客就是了。

母親是個注重儀式參與的人，她舉辦許多活動，並認為這些活動都是凝聚社區向心力、協助鬼月房客返回人群，以及「讓我不要一個人待在房間」的重要儀式。不過雖然說是儀式，要我說的話那些活動其實並沒有什麼規則，像是淨灘或者各種奇怪派對或者種菜餵動物之類的，她都只是將活動寫下來，剩下的讓參與者（房客）自行決定如何執行。

由於母親與父親以及父親的伴侶都前往參加母親大學初戀情人的婚禮，今年的扮裝派對將是第一次沒有母親在場。光是想到因為和附近一間大學學生會共同舉辦，許多學生都會前來就讓我有些煩躁。母親不在，沒有人執行的那些社交辭令，就只能由我來做了——你好嗎學校如何啊你知道最近哪裡又有抗議了嗎你有看到那個候選人的政見嗎天啊到底現在媒體是怎麼了，之類的這種對話。

當我終於結束和阿藍裝飾屋子的鬧劇時，那傢伙從沙發上拿出兩條白色床單，因為血漿的緣故已經有些染血了，他扔了一條到我懷中，說我們今晚要裝扮成兩隻鬼，還要我戴著之前他在海邊市集從唱片騎師那兒拿到的王冠。

還沒有等到我向他抗議這項安排，他便跑走了，又開始和派對安排師協調究竟動線應該如何、舞池應該在哪之類的。等到他跑回我面前時，原本我以為他要詢問我扮裝派對的其他事宜（雖然過去總是母親在處理的），但他卻問道：「你知道附近有一間鈕釦工廠嗎？」

我站在廢棄的鈕釦工廠中，看著地板上滿是各種顏色的鈕釦，完全不知道我們前來這廢墟的意義何在，但阿藍那傢伙雀躍地踢著地板上的鈕釦，並且從口袋拿出好幾罐黏著劑放到地板上，告訴我我們應該來裝飾一下這廢墟——難道他不知道廢墟的定義就是不需要再做任何裝飾嗎？有點像是一般男人進入穩定交往關係之後的狀態。

廢棄鈕釦工廠的位置其實離我們住的地方並不太近，我們騎腳踏車騎了半小時才抵達，這條大道直直過去更遠處再繞過幾圈，便會抵達先前我們去過的學院別墅。我詢問阿藍他是從哪裡得知這工廠的，他說我母親提過這附近有些廢棄工廠和廢棄住宅，他稍微問了一下派對安排師就知道了。

廢棄的鈕釦工廠不只是有鈕釦而已，這裡的地下室滿是積水，幾乎就是個室內池塘，池水綠綠的，裡頭有許多大型魚隻。阿藍看到就想走下樓梯跳進水中，我看到有隻體型不小的魚朝樓梯的方向快速游來，連忙將阿藍從那兒拉走，那條魚躍出水面，張大嘴巴幾乎應該可以一口吞住阿藍的手臂——阿藍倒在我身上，那條魚跳到階梯上離我們有幾步的距離，在原地跳啊跳啊。正當牠快跳回水中時，一隻更巨大、有觸鬚的魚躍出水面一口將牠咬回水中，濺出的水潑到我們身上，我和阿藍的衣服都溼透了。

這裡到底是住著什麼誇張的東西啊。

我們兩人站起身後將上衣和褲子都脫掉只剩下內褲，阿藍搭著我的肩膀，拉我回到他放置黏著劑的位置，看著一大片有些灰黑的牆面，他顯然是在思考究竟應該製造什麼圖案，而不是剛剛那跳躍出水面的巨大魚類究竟是什麼恐怖東西，好像根本沒有被剛剛的危險事件影響一樣。

阿藍踢開地板上的鈕釦，製造出一個空地後便拉著我坐下，我看著地板上各式各樣的鈕釦，腦海中想到的卻全是這些鈕釦長出手腳大嘴，奔跑起來吃掉我們的畫面。

我坐在原位看著阿藍動來動去，他趴在地板上翻找著鈕釦，將收集好的鈕釦放到一旁的空處，我注意到他收集了許多藍色的鈕釦，當然顏色深淺不一而且款式也不相同。我跟著趴在地上尋找一些鈕釦，將我找到的灰色鈕釦放到一旁，當結束時他看著我，對我露出一個「我知道你知道」的欠扁微笑，如果不是因為我們中間有許多已經分類好的鈕釦，他一定馬上衝過來把我抱住。

好吧，他是又把我抱住了。

阿藍開始朝牆壁黏貼起鈕釦，他的動作很快，我就這樣坐在一旁的地板上看著他移動，他也沒有先製作草稿或者標記，就是直接從牆壁最尾端的地方開始貼起。他貼了一些之後便跑到最遠的角落看這牆壁，大概是為了確認圖樣的位置是否正確。我從他的上衣口袋中拿出他的手機替他錄影，把他這一連串重複的動作都記錄下來，並且應他要求拍攝了一張他對鏡頭吐舌比中指的照片。

在他發現忘得讚的限時動態功能之後，他堅持要用我的手機拍攝我們的影像並上傳到限時動態，在我推託數次、他依然堅持而我心地善良的情況下，我勉為其難地拍了一個他搭著我肩膀的限時動態。他在我拍好後便把我手機搶走在上頭打了好幾個字，最後將我的手機塞到他的上衣口袋中。

「你是不是很討厭他們？呃不是，我不在乎這個。」在我要向前拿回我的手機時，阿藍擋住我，看著我手機上忘得讚同學的動態，問道。

「你一開始很討厭我。」阿藍一邊背對著我說，一邊走回牆面前方，繼續黏起鈕釦。他的姿勢一開始有些僵硬，像是不太自在似的，顯然（我希望我沒解讀錯誤）是因為他方才說出的話讓他自己有些擔心。

從我所站的位置看，已經能看出來他所拼湊的鈕釦大略會成為什麼樣子——地板上還有許多分類好的鈕釦，灰色和藍色都是由深至淺排列，但他所黏上牆壁的灰色鈕釦卻不是由深至淺堆疊，而是深淺交雜，就像是有些斑白的皮膚斑紋一樣。他已經拼好半頭鯨魚的樣子了，是最簡單、最卡通化的那種鯨魚圖樣。而藍色的部分我猜測待他黏完鯨魚圖案便會貼上去了，那是海洋的顏色。

阿藍拼貼的鈕釦鯨魚，尾巴還有破損，位置和前天被沖回岸上的，那隻我們曾經拯救過的鯨魚相仿，他還用石頭將一些鈕釦敲碎成小小的裂片製造出裂痕的效果。

看看他貼著這些拼圖的姿態，你覺得我能對他說謊嗎？

我走近阿藍身旁，站在他身後，看著他快速貼著鈕釦的背影，問道：「你怎、怎麼知、知道的？」

「第一天。」阿藍停頓了幾秒，隨後繼續貼著鈕釦，說道：「我問你你在看什麼書，你把書蓋起來，像是想揍我。」

「我以、以為你才討厭我。」我回道。

「為什麼？」阿藍手裡握著鈕釦和黏著劑，轉回頭看向我。

「你、你問了就轉頭走、走了，誰、誰知道你在、在想什麼。」

「我之後有看那本書欸。」阿藍抗議。

「那、那時候我只覺、覺得你很沒、沒創意。」我回道。

阿藍鼓起臉，轉過身繼續拼貼起鈕釦，他就這樣快速動作了一陣子，鯨魚的身體已經快要拼完了，他用了許多敲碎的鈕釦製造皮膚紋理的效果，雖然外型看起來是非常卡通化的簡易鯨魚，但仔細看內部充滿了精巧的細節。

他顯然沒有打算回應我的意思，我不太確定這是否代表他在生氣，雖然我們確實因為這件事情而浪費了一個禮拜的時間完全沒有進行任何實質對話。我吞下口水，深呼吸了一口氣，告訴他：「你知、知道我小、小時候有在糖、糖果店看著那顆超、超大的巧克力球，但沒、沒人買、買給我。有天我終、終於存夠錢買了那顆，吃、吃了卻發、發現根本不是我、我喜歡的巧克力球，裡、裡面還、還是草、草莓口味的。」

阿藍一開始還是沒有任何回應，直到我站起身時他才點了點頭，我走到他身旁，肩膀輕靠他的肩膀，此刻我們兩人都只穿著內褲。我說道：「你不、不是那、那種巧克力球。」

聽完我說的話，阿藍沒有回話，只是加速了他的拼貼動作，直到他拼完整頭鯨魚的圖樣才大聲嘆了長氣，捧著頭在原地跳了好幾下，一副很滿意自己作品的樣子，用力抱住了我。最後我們兩人靠著廢棄工廠中各種高矮的鐵椅和木梯的協助下，以非常危險的方式將整面大牆剩餘的空間全用藍色鈕釦拼貼完成，不夠的顏色則是用了淺綠色以及深綠色替代。

他用我的手機拍攝了一則鈕釦鯨魚的限時動態。

晚上的扮裝派對，阿藍那傢伙堅持我們必須穿著染血的床單扮成家宅中的鬼魂，他還編造了一個故事，說這屋子是什麼宇宙裂縫的交會點，會有許多黑暗的生物跑進來，我們是剛搬進這裡就被怪物殺掉的房客，永遠被困在這屋子裡頭，直到有人能將我們的屍骨帶走埋葬，或者我們殺死兩個人來替換身分死者甦醒。

在參加派對前，他堅持要在忘得讚限時動態上發出我們的裝扮，還找了學生路人替我們拍照。我勉為其難地站在他身旁，學他那誇張的鬼吼叫聲，搞得替我們拍照的學生也笑到花枝招展。阿藍最後還發了一張照片，附上一行文字「我的靈魂」。我真的很想叫他不要太文青。

扮裝派對進行得和往常一樣流暢，我坐在被規劃成舞池的客廳正對面的沙發椅上，頭上還戴著之前阿藍在海邊市集時從唱片騎師那裡拿到的王冠。我透過床單的兩個洞，看著那些和我年齡相仿的學生愉快地在舞池中跳著，一堆人都拿著杯子，裡頭是母親特調的粉紅酒精飲品，他們在那舉著杯子跳啊吼著，隨著音樂搖擺身體。

藍色和紅色的燈光交替打在舞池中，雖然牆壁四周和沙發座椅處都有打燈，但這些燈光都是偏暗粉紅的，並不是真的有什麼明確的照明作用，基本上是情調為主的安排。有些學生已經在舞池和其他沙發上擁吻起來，從我的視角可以很明顯看到側面的單人沙發上坐著的男生大腿間明確鼓起的東西，雖然坐在他腿上的那個女生移動摩擦的動作稍微遮住了我的視線。

那頭戴著惡魔雙角的男生顯然也沒有抗拒他人的視線，就只是繼續摸著吻著他腿上的女生，單眼看著我，像是在邀請我一樣。我將視線轉往舞池中央，阿藍那傢伙穿著和我一樣的床單，在中央跳著舞，周圍許多人都圍著他，畢竟一個巨大的移動床單是不太好迴避的存在。

阿藍將床單扯下，綁在自己脖子上，變成有點類似披風的東西，他向我招手，接著便和一旁的陌生人跳起舞來。我盯著他們瞧，一時之間視線有些難以移開。往常我這時候都已經在舞池中跳舞了，因為那是正常人會有的反應，儘管我並不是真的對跳舞多有執念。我將王冠拿下，脫下床單，把王冠在手中轉了幾圈，看著阿藍笑著和大家跳舞的模樣，那紅藍光不斷交替，有一下沒一下地照出阿藍和他人跳舞時笑著的側臉——馬的這燈光能不能更乾脆一些啊。

我將床單和王冠都放到沙發上，走向舞池，將阿藍拉了過來，他笑著搭起我的肩膀，低喊我的名字，額頭靠著我的額頭。

我們沒有跳多久，阿藍忽然就走離舞池，我在原地跳著舞，一開始以為他只是又想到要拿什麼裝備或者想要打扮之類的。但我跳著跳著，和其他陌生學生一同跳著，跳到幾乎有個學生貼著我的身體前後擺動了，阿藍也沒有回來。

我笑著向舞池中的陌生人告別，走向沙發，我從一旁吻得激烈的兩個男人之間抽出被他們推到一旁的王冠，走上樓梯到二樓尋找阿藍。連二樓的燈光都安排得和一樓相仿，母親真的是不遺餘力想要增加年輕人的繁殖能力，二樓有零星的學生正在擁吻，這些學生彷彿除了擁吻之外沒有別的事情好做。那一閃一閃的紅藍交錯燈光完全就是我尋找阿藍這旅程上的怪物，不斷讓我懷疑自己所看見的東西究竟存在不存在。我煩躁地走進每一個客房，卻都沒有看見阿藍的蹤影。

當我打開我們房間門時，我看見阿藍趴在床上，我呼喚他的名字但他完全沒有回應。我將棉被蓋到他身上，他只是悶哼了聲完全沒有理會我的意思。我把王冠放到書桌上，轉過身走出房間將門關上。我背靠著門，深呼吸了幾回，走下樓梯，回到一樓的舞池前，坐到一旁的單人沙發上。藍色紅色的燈光交雜打在我臉上，我真的想炸掉那些爛燈。

此刻大家都在跳舞，擁吻，大喊著彼此的名字，歡呼著不知道什麼快樂的事情。馬的，我明明就知道會是這樣的。

III

11

阿藍那傢伙正站在木梯上餵食水母。

在這之前他已經躺在床上七天了——準確的時間是五天，後兩天他開始會主動移動，不過範圍大概就是二樓房間到一樓廚房拿食物喝水，再走出去外頭坐在庭院躺椅上。我盡可能每天替他將食物和水帶上房間，將一個小平椅放到他床邊，把食物放到上頭，雖然他一直叫我離開房間，但我認為留他一個人在房間不是一件理智的事情，於是這幾天除了早上慢跑之外，我也幾乎都待在房間內（我必須替你省略這幾天無聊的日子以免你對我感到無聊）。

望得糖副作用發作比較嚴重的時候，他吃不太下東西，我所謂的吃不下，指的是類似這種情況：好不容易吃完整個三明治，沒多久便開始嘔吐，吃下的東西全都吐了出來。雖然他比較堅持要吃一般的食物，但我後來替他準備的主要都是流質食品，畢竟雖然還是會反胃，但至少比把生菜整片嘔出來，卡到喉嚨幾乎快要窒息好些。

我必須向你坦承一件事情，我不是要告訴你我多希望他就乾脆窒息算了（雖然這念頭確實在我腦海跑過好幾次），我要說的是，我一開始告訴過你，我總是在房客經過一段時日後復發又回到這屋子裡，和母親一同感傷對天發誓絕對不會再讓人失望了的時候，在一旁吃洋芋片旁觀，這件事情是沒有發生過的。

我當然沒有吃洋芋片旁觀他們感傷痛哭，那只是我想要讓你喜歡我的說法罷了，但你應該早就知道了，畢竟你不可能以為母親會讓我在旁邊幸災樂禍吧？她還要求我擔負協助房客恢復正軌的詭異身分——雖然過去幾乎都是母親在一旁協助，我只是旁觀而已，或許母親知道我對他們的康復真的他馬的一點兒興趣也沒有吧。

前幾天除了厭食、嘔吐之外，阿藍還會很難站穩身子，他有時候才剛下床，便整個人無力蜷縮在地板上，我確定我有看到他蜷縮時偶爾身體有點抽搐。然而當我試圖扶他起來時，他就像忽然如有神力般能把我的手推開（雖然其實只是揮開而已）。

今天阿藍終於稍微恢復一點活力，開始摸著房間四周的擺設，一一確認每一個東西的名字，像是確定自己還在這裡似的，我見狀便騎腳踏車將他載到那個魚頭人身書店老闆的海邊動物小屋（雖然他開的書店遠在另一個城市），告訴阿藍我常常在他外出遠行時替他餵食動物，那屋子聽母親告訴我，是他自己一個人建造起來，專門收容水生生物和爬蟲類、昆蟲等動物。書店老闆最近又出遠門了，問我能不能有空的時候來幫他照顧一下動物。

打開門時進入視線的是大大小小的魚缸，裡頭有各種水生生物，由於一樓室溫較低的緣故，我在腳踏車車籃中先放了兩件薄長袖襯衫。我將其中比較大的一件扔給阿藍讓他穿上保暖後自己也套上襯衫，把腳踏車停在一旁便進了海邊動物小屋。

我從口袋拿出一張摺起的紙，上頭密密麻麻都是手寫字。我告訴阿藍那是書店老闆之前給我的餵食說明書，阿藍看了看紙之後盯著我，一副不情願的樣子。我則是舉起紙直到他放棄掙扎，抽走我手中的紙，朝屋子最裡頭走去。

不得不說我第一次來這裡時，滿腦子都只想著母親真他馬的只認識一些有錢人，有花不完的錢，可以做這麼多誇張的消遣。一般人都只能每天工作回家癱在床上幾乎不想爬起來，但母親以及她的富人朋友們都可以花錢不手軟，像是自己蓋一間奢華小寵物館的魚頭人身書店老闆。有時候在忘得讚上看到書店老闆抱怨書店營收很差的時候，我都很想在下面回一張他這個海邊動物小屋的照片，代替我很想說出口的「你到底是在抱怨三小」。

這屋子分成三個部分，一個部分是養魚的，一個部分是養爬蟲、昆蟲類的，最後一個部分則是睡房廚房浴室等。我們打開正門，進入的是養魚的部分。這部分最大的房間是我最討厭的房間，因為裡頭養的都是水母，我最討厭的水母（如果阿藍沒有變心的話，這也是他最討厭的水中生物）。

這房間地板鋪了非常消音的地毯，中央有個長沙發，周圍三面全由水缸遮蔽住牆壁，水缸是夜光的，此刻正打著紅色的光，裡頭的透明水母因為背景藍光的緣故，照起來整個看上去像是紅色的。阿藍在四周繞看了一會兒，找到書店老闆額外養殖海水浮游生物的小水缸（其實就在門的旁邊），照著餵食說明書用一旁的容器從其中撈起一大杯海中浮游生物和拿了一根滴管，並且爬上水缸旁的木梯，打開水母缸上頭的蓋子，一點一點地將浮游生物從滴管中滴入缸內。

我站在大水母缸前看著那些浮游生物（幾乎看不太見，但能看到些許橘色的生物和大量白色小小顆粒模樣的東西）順著緩慢的水流繞至水缸的另外一邊。我離開那裡，覺得阿藍既然有那張說明書，應該就可以順利處理裡頭那幾缸水母缸，因此我打算先去離大門最近的那個房間餵裡頭的魚。

這房間的三面牆一樣全是水缸，中央有排成四面的沙發椅。由於空間較小的緣故，沙發離四牆的魚缸距離較近了些。四面皆有六層類似書架的設計（但木板的設計似乎比一般書櫃更厚實穩固），第六層的高度較高，擺置一些水族用品，上面五層則擺置一個滿格的長形水缸，每個水缸都隔了四個黑色壓克力隔板，裡頭都放置一大片可以說像是扇子形狀的紅色落葉以及一些綠色水草種植在黑色的土上，水色都帶點茶色。每一個隔板都有一隻獨立豢養的魚，魚的尾巴形狀各有不同，有些尾巴幾乎像是半個月亮般展開的，有些尾型較小，有些魚尾是會長條分岔的。這些魚幾乎都是很黑的黑色。

其中一面水缸的最底下有黑色冷藏櫃，我從中抽出一個盒子，盒子中央有個透明墊片，我將其取出，上頭滿是細瘦（有些其實滿肥）蠕動的蟲。爬上一旁木梯，那些黑色的魚可能是因為我拿著食物上來，興奮地搖著尾巴盯著缸面。我用湯匙分別在每一缸中都餵食了一些蠕動的白色長條蟲子，好不容易餵完一面牆時，我停下來坐到椅子上看了看牠們將白色扭動的蟲子一條一條吞下。

在我看著那群魚一缸一缸吃完蟲子後，我往左側的房間走去，那房間和剛剛的大小差不多，但靠著牆壁的層架是製成三層而已。層架第三層架上則是養滿小蝦的水缸，打著強度很高的氧氣進入其中，種滿水草和一些螺類在缸壁爬著，旁邊放置一些水族用品，而上兩層則是一缸只有一隻體型大概是我兩根食指長度的中型魚類，我上一次來這裡的時候，牠們才大概是我拇指長度而已。

我拿出撈網，在底層水缸撈了蝦子，靠我最近的那隻中型魚開始緊盯著我的動作，隨著我將網子放置到水中，便是牠獵食的時刻。我按照往常的習慣，依序餵食每一缸，當我正蹲在地上撈著最左側魚缸的蝦子時，腳步聲從後頭傳來。

我回過頭看向阿藍，他手裡舉著一杯橘紅色的液體，問道：「你好了沒啊？」

「快、快好、好了——欸呀！」我將聚集了許多體型較大的蝦網快速撈離水面。撈蝦網上頭許多跳動的大隻灰黑色的蝦子，我將這些蝦子餵給最後一缸魚之後，站直身體稍微扭了扭肩膀，深吸了一大口氣。阿藍一副已經開始無聊了的模樣，我在他還沒開口說話之前便將網子放回原處，拍了拍他的肩膀，走出了房間。

阿藍悶哼了聲吼了一下，但根據我聽到的腳步聲，他是跟在我後頭的。我走到另一個房間中，那個房間比剛剛的大了些，裡頭只有房間中央擺放了一個高度到我腹部的櫃子，櫃子上頭是一個立方體水缸，裡頭有著各種顏色、長條狀，很像是蛇的生物以及海馬。水流非常緩慢，長條如細蛇般的生物尾巴和海馬一樣都繞著海藻，幾乎像是靜止在水中不動一般，近看才會發現牠們小小幾乎透明的魚鰭快速拍動著。這一缸中的生物都很小隻，應該是才剛出生沒有多久。

底下的櫃子是沒有門的，下頭放置了稍微小了些的水缸，裡頭也有一些海藻，而在一旁則是水缸的設備，正低速轉動著發出機械聲響。阿藍那傢伙看著我，將他那杯橘紅色液體倒入水缸中，那杯是從水母房間拿來的浮游生物，發現食物的牠們緩慢地游動開始吃了起來。

我才看了幾眼牠們進食的模樣，阿藍那傢伙便喊著該餵蟲了，我連忙拿起手機拍攝水缸，並且在忘得讚發了一張限時動態。才剛發布沒多久，魚頭人身書店老闆便回應了我一個讚的手勢，我則是在阿藍那傢伙等得不耐煩、一直喊著快來快來的背景音樂下，點擊愛心做為給書店老闆的回應。

我拿出老闆給我的鑰匙，打開屋子的另外一個部分，一打開門就能感覺到明顯的溫差，這裡溫暖許多，是專門設計給昆蟲、爬蟲的部分。

所有的燈光都是橘黃光，最裡頭也是最大的房間有一道門，是屋子的後門。房間正中央的巨大玻璃室裡頭種了一棵樹，上頭有許多藤蔓纏繞，樹幹周圍還有類似護城河的設計，裡頭中有些魚。不用站得太近，便能看見樹幹上除了藤蔓之外，還纏繞了一條黑色細蛇。阿藍的頭和手靠著玻璃，盯著那條細蛇，而那條大蛇，我發誓似乎也是注意到阿藍的注視，緩緩地從樹幹爬了下來。巨蛇爬入水中游過，最後爬到阿藍面前，牠靠著玻璃爬行向上，直至阿藍腹部的高度才停下。

牠吐著舌頭，阿藍則繼續盯著牠瞧。

最後牠轉過身，爬進水裡，咬出一隻魚後爬出水面，回到樹幹根部。

阿藍點了點頭，輕哼著從口袋拿出我給他的餵食說明書，照著說明書走到爬蟲類的食物放置區域──那是一個廚房，有一個巨大的冰箱，裡頭冰滿了肉品，大多數都是冷凍白鼠，阿藍照著指示拿出兩袋冷凍白鼠，將其放置到溫水桶中解凍。在等待解凍的過程中，我打開冰箱旁的層疊收集箱，從最下頭拉開，裡頭滿滿都是蟑螂。

我用夾子夾滿一袋的蟑螂後遞給阿藍，推回箱子，再從第二層拉出一箱的麵包蟲，也夾了一袋後，遞給阿藍，並拿給阿藍兩個長鐵夾。阿藍拿走兩個長鐵夾和袋子後，便走出食物區到另一個房間。房間內只有蜥蜴和變色龍，共有四十隻蜥蜴二十隻變色龍，分別在三面牆前的透明箱子中棲息。

阿藍從左側的透明箱子開始餵食，於是我向阿藍拿回一根夾子和一袋蟑螂後，走到右側牆前，爬上一旁的木梯，從最上頭開始餵食。事實上爬蟲類餵起來方便多了，雖然感覺比較恐怖，但基本上就只是每一箱都扔一些蟑螂和麵包蟲到餵食盤上就好。

我進行得非常快速，倒是阿藍在我幾乎餵完回頭看他時，發現他才餵到一半，他每餵完一隻蜥蜴，便會停下來觀看進食的畫面，甚至還拿出手機拍照。我用手機拍了他對著蜥蜴們探頭探腦的畫面，然後悄悄地離開房間，沒有打擾他餵食（還有拍照）的興致。

我走回水族部門的水母房間，坐到房間中央的沙發椅最左側前方的地毯上，深呼吸了一口氣，看著此時的水母，除了水缸之外整個房間都是暗的，並不是為了照明的水缸夜光讓水母看起來就像是藍色的一樣，那樣的藍色幾乎像是一種怪物，而我現在正如同坐在一隻怪物的胃裡。

這房間真他馬的是我這裡最討厭的一間了，我不懂另外飼養水母的意義在哪裡。現在各大海岸水母時常氾濫為患，許多魚苗都來不及長大或者孵化就被過境的水母給一口氣吃光，海洋成長的速度比不上水母的本能，水母災難就像是海洋試圖對人類做出最後一個警告——其實我也不喜歡被這樣警告，我寧願直接被打死也不想被警告。

我不確定阿藍是否已經經驗過每個成癮患者都會經驗的谷底旅程，我希望是這樣的。至少母親告訴過我，成癮患者會經驗一次真正的谷底，從那天之後開始努力清醒，每一天都是一場戰爭。但我仍然不太確定究竟阿藍是不是已經經驗了那個谷底。那個悽慘的，絕望的，卻讓他忽然意識到自己還想努力的谷底——我不知道如果他還沒經驗過的話，他現在這麼痛苦，會不會又要復發了？

由於這房間地毯消音效果非常卓越，直到阿藍坐到地毯上我才注意到他來了。他坐在最右側地毯上背靠著沙發椅，和我相隔了兩個人的位置。我深呼吸了幾回，將身體稍微向後了些，靠著沙發椅。

我們就這樣看著水母，沒有說話。

12

你覺得我還能怎麼幫他？

這禮拜我做了幾件事情，每一件事情都他馬的沒有效果，阿藍現在還是躺在床上動也不動，除了偶爾發出哀號的聲音——從前母親總會直接接管這種情況，但現在母親不在，而我並不知道要怎麼致電母親，詢問這樣的狀況該如何是好。我不想要顯得好像我完全沒在聽她從前當房客遇到困難時告訴我的應對方式，雖然她告訴我的方法顯然都該死的沒有用。

第一天我將一片拼圖倒在地板上邀請他來幫忙。

因為我記得，在我十五歲的時候，也可能我記錯了，總之在某次鬼月，有個母親先前已經接待過兩次的成癮患者重新回到這裡。時間是半夜，當時我的房間仍然有其他房客，我小心翼翼地走下樓梯試著在不被任何人發現我已經醒來、到廚房倒水來喝。當我捧著一瓶一千毫升的水瓶小心翼翼地回到樓梯正要往上時，我發現母親趴在地上將地板上的拼圖打散，而那名成癮患者坐在地板上看著拼圖。由於我急著上樓的關係並沒有觀望太久，隔天早上醒來時還以為那是場夢，直到我下樓發現那名成癮患者還坐在地板上拼著地圖，他整個晚上似乎都沒有睡，拼湊出一頭鯨魚的圖樣，還有許多碎片沒有拼上——母親後來才告訴我那是讓患者能夠靜心的一個方式。

雖然我不懂徹夜未眠對靜心有什麼好處，也不太確定拼圖有什麼挑戰性，但上週我們從書店老闆的海邊動物小屋回到家宅後，阿藍就又恢復不願意起床的模樣。他一上樓進入房間，便整個人趴到床上，動也不動地把頭埋在枕頭中，無論我如何叫喚也不理會。隔天，我從母親的書房中抽出一幅拼圖，那是母親收藏中我認為勉強算是有趣的一幅，因為圖案是母親根據我小時候畫出的圖案製作的。拼圖圖案是片湖泊加上湖面上的一座小屋，下頭還有我用紅色蠟筆寫出的「湖畔小屋」四個大字和簽上我的名字（顯然當時的我不知道畔這個字的意思是旁邊，但這小屋明明就以超能力漂浮在湖正上方）。阿藍被我弄出的聲音吵醒，終於從床上爬了起來，他一副虛弱的模樣，而我已經替他準備好早餐了（碎肉白粥），我將放置食物的平椅推近他腳邊，他撥弄了一下頭髮，一臉勉為其難地捧起碗，吃了幾口粥，喝了一大杯水，嘆了聲長氣。

「你可以不用管我。」阿藍說道，「我很快就會好了。」

那傢伙隨後便躺回床上，不理會我的叫喚——嚴格說起來是不斷告訴我他沒事。

第二天我邀請他和我一同慢跑。

我記得母親告訴我保持運動習慣對清除望得糖的副作用有許多正面幫助，除了運動會使人類快樂之外，還能消磨時間，而成癮患者副作用發作時最難過的就是時間了。阿藍那傢伙被我拉下床後，一開始極度不情願，他躺回床上悶哼出聲要我自己去跑，但在我的堅持下他勉為其難爬起床，換了一套衣服後便和我跑了起來。首先的十幾分鐘他跟在我後頭跑著，我們今天跑的是較廣闊的道路，附近的樹林傳來鳥叫聲，有些鳥不斷從樹叢中飛過，我有點懷疑牠們會不會拉屎在我們頭上——但在我還沒來得及真正擔心鳥屎之前，我回過頭看，阿藍那傢伙離我很遙遠，他已經停下腳步，在原地喘氣。

我跑往他的方向，懷疑是否因為自己太習慣跑步了而讓速度太快，詢問他要不要更慢一些，但他只是搖搖頭，大口大口喘著氣。就在他抬起頭看向我，給我一副他可以繼續慢跑了的表情之際，他忽然作嘔了一聲，有些疲勞地向前靠到我身上。我用力扶住他的身體，在他不斷說著就把他放在路邊他等等就好了之類這種荒謬垃圾話的時候，緩緩地將他扶回家中——雖然他馬的我確實是很想把他整個人直接扔在海岸邊，搞不好會有淨灘的居民將他撿走，但人是不能只做自己想做的事情的。

第三天我邀請他和我一同玩一個電玩遊戲。

這是一款幾乎沒有特別設計目標的遊戲，當然有其他地圖設計是讓玩家闖關的，但我這裡只有基本款（還是從母親上鎖的櫃子拿出來的，但我必須說這不是偷竊，因為這原本就是我的只是母親收起來了而已），遊戲內容其實就是建構世界並活下來，我猜測遊戲概念其實是模擬很古老原始的一般市民生活。我將母親收起來的兩個螢幕和搖桿都搬出來，從母親那雜物繁多還一不小心就會開始坍塌的大櫃子中搬出這些東西，根本像是在逃難一樣。

阿藍那傢伙顯然沒有玩過這遊戲，他操控搖桿讓遊戲人物在草原上跑著跑著，夜晚來時也沒有躲回房子或洞穴休息，於是沒幾次的日夜交替，他就因為體力盡失，被怪物給殺死了。在重生點復活後的他抵達一片草原，我在旁邊替他建造了一棟屋子，但我原本留下要建造門的通道被阿藍火速地封鎖起來，於是我就在還沒有搜集到足夠武器的狀況下被他關在沒有門和通風口的小屋。在我向他抗議這樣的不法行徑時，可以從他左側的螢幕看見他在屠殺地圖附近的生物，將所有可見的生物都砍殺完畢後他就登出遊戲，將搖桿放到一旁，爬上床躺進棉被裡頭。

第四天我邀請他和我到附近的大學旁聽通識課程，課程講授的是各種離奇死法。

有其他人類存在的環境下他似乎變得比較像是自己了，恢復了一點剛成為鬼月房客抵達我家時的樣子，那不知道打哪來的欠扁自信好像又全都長回來了。他和附近的學生在教授抵達之前聊天，還借了同學們先前上課的筆記來看，有個同學的筆記本裡詳細記錄了教授上課所說的話，他興致高昂地告訴阿藍，藍字是教授解釋文，紅字是重點會考，綠字是補充概念，鉛筆字是自己的讀書筆記。阿藍那傢伙一副興致高昂的樣子，笑著和同學討論究竟怎樣的死法比較適合出軌男友。

當教授開始授課後，阿藍很認真聽講，教授今天介紹許多新婚而亡的案例，其中最多的大概是新郎新娘酒精中毒而死，還有個案是新娘拍攝婚紗照墜崖拉著新郎下去，以及新郎的單身派對上路人甲闖進來開槍掃射後才發現自己闖錯派對。我就看著阿藍快速地記著筆記，和同學借來的鉛筆快速在紙張上移動，想著等等和他借筆記來看看他記了什麼這麼認真——當他拿給我看時，我只看到他畫了我的卡通圖像（之所以知道是我，是因為他還特地在人物衣服上寫了名字），畫出十種死法：上吊、墜崖、巨石輾斃、車禍、乳牛從天而降、大樓坍塌、中毒（藍脣，還特地用藍色原子筆著色）、被外星人綁架進行人體研究、被海怪吃掉、被水母悶死。

第五天我將書桌上的魚缸拿給他，希望他布置魚缸。

我將母親買來的底土開封倒入缸中，並且拿了幾盆水草，我選了需要盡可能分散種植的爬走莖類型，取出一盆水草分出一小撮水草，告訴他要這樣種植。他用夾子盡可能把盆裝水草都分散開來，分了一大張報紙的分量，每一叢草都分得很仔細，這樣就花了大概兩三個小時。他滑著手機看網路上的水草種植說明，先將底土用水噴溼，用水草夾將分株後的水草一一斜插進入底土中。他的動作熟練，一點兒也不像幾分鐘前才搜尋「如何種水草」的人。

我在一旁看著他的動作，種植這些水草沒有花費太多時間，不到半小時他便將所有水草都種入潮溼的底土中了，他在缸中放上一個大塑膠袋，並且找出廚房的大水桶，拿到我們房內的浴室裝滿水後，緩慢倒在塑膠袋上。阿藍那傢伙說這樣水草才不會因為水流過大而漂浮起來。

就在我以為大功告成之際，我注意到書桌上似乎有些水痕，原先我以為那只是因為注水時灑到，但沒幾秒魚缸底部就在書桌上裂了開來，我和阿藍同時往後退以免被魚缸碎片劃傷，而魚缸內的水和底土以及才剛種入的水草全都混成一團，那些水草看來也是無藥可救了——我和阿藍四目相望，沒多久他就又去睡覺了。

第六天我邀請他和我一起看一部電影。

這部電影母親很喜歡，是一名記者潛入全男子學院，從內部觀察學院運作模式的紀錄片。有趣的是這部片當初被歸類成紀錄片而引發諸多咒罵，因為影片不斷出現許多怪異的畫面，不斷扭動的人影（但明明沒有人），會飛的東西，忽明忽滅的蠟燭，最讓人詬病的是那個似乎擁有超能力的少年——這部片正是母親之所以動用遺產將那棟已經無人使用的全男子學院別墅買下來的主要原因，雖然母親的目的是要將其改建成什麼動物收容所之類的啦（其實我不記得了）。

我用前幾天為了玩遊戲從母親櫃子搬出的螢幕播放影片，和阿藍窩在原本是我的的大床（在鬼月是他的床），蓋著棉被關起燈來看著那部「紀錄片」。我告訴阿藍即使這名記者被許多人嘲諷責罵，很多人都認為這只是一部荒唐的造假片，但那名記者仍然很堅持自己所拍攝的都是真實的，好像他真的相信世界上還有人擁有超能力一樣。

阿藍躺在我身旁，他看著電影，時不時笑出聲來，他的模樣看不太出來像是正在經歷望得糖副作用折磨的樣子，我相信那些大學課堂上的學生們一定也沒有看出來他其實正備受折磨。大約看了一半，阿藍那傢伙就閉上眼睛，小聲地要我告訴他發生了什麼事情。我低下頭看了看他，他將棉被拉了一些蓋住他的嘴巴，眼睛閉著，我告訴他記者正拍攝到在宵禁時爬行和飄浮在走廊的粉紅色怪異生物，他的鏡頭對準那些生物，那些生物不斷忽然膨脹、粉碎成細碎羽毛模樣後又恢復原始的圓形。

當我講到那些生物注意到記者時，阿藍那傢伙發出了非常細微的鼾聲，嚴格說起來應該是比平常更深刻一些的呼吸聲。我看著他睡著的臉（沒有嘴巴，因為棉被蓋住了他的嘴巴），也跟著躺下，將自己的嘴巴埋入棉被之中，輕輕靠向他。

我不知道我還能做些什麼。

螢幕上的記者正在用很誇張的聲音介紹著這些怪異生物，我聽著那些此刻對我而言如同雜訊的紀錄片解說。我從來都不太能夠理解為什麼會有人對望得糖成癮——我當然能告訴你針對望得糖成癮患者的研究：之所以難以徹底戒除，最主流的論點是，一旦長期使用望得糖，即使停止使用兩週到四週（是標準淨化身體的時程），副作用也不會因此馬上消失。事實上，大多數的患者都需要二到四年的時間，才能勉強擺脫時不時發生的副作用以及修復受到望得糖損害的某些身體機能，而這段時間許多患者都因為那難忍的苦痛而選擇繼續使用望得糖。

就像是我可以告訴你每天運動的必要性，你也不見得會去執行一樣，知道和實踐是完全不同的事情——或許母親會有比較好的解決方法，我想她應該會有的吧，後天她就回來了，她會知道應該要怎麼做的。即使我這幾天試圖模仿她的行為，顯然也不像她一樣能夠擁有神祕的治癒能力，不像她一樣能解決問題。

我側躺看著睡著的阿藍，他床的那一半，像是一整片我無法航行的海——我知道或許你會認為我擁有這樣的念頭很糟糕，我也知道我不可能說出這句話，但我真的很想告訴他，他應該要更努力一點。

為什麼他不努力一點？

13

我正在迷思獸農場。

當我今天慢跑回到家中，發現阿藍盯著桌上他先前在海邊市集拿出來向其他人介紹的望得獸模型。他手裡拿著那白色外盒，沒有做任何其他舉動，如果在其他情境下我或許還會拿出手機替他拍一張照片保存起來，但我不知道為什麼，腦海一直跑出他敲碎模型吸食粉末的畫面。

洗好澡後我發現他仍然坐在書桌前看著模型，我先去樓下打了通電話，頭髮仍然溼溼的，回到樓上的我用毛巾擦頭髮，告訴阿藍今天我們得要替母親的朋友捕捉迷思獸，製作迷思粹。在我們家附近就有間迷思獸農場，那兒的養殖老闆和我母親長期往來，偶爾會來我們家進行庭院晚餐（就是母親舉辦的那些諸多荒唐晚宴），母親偶爾會帶房客前往農場，因為那兒有些活動能夠幫助房客。

迷思獸農場除了日常捕捉迷思獸，照顧繁殖與製成商品之外，這農場定期舉辦類似互助會的活動。雖然爭議許多（數次被投訴在迷思獸環繞的環境下舉辦這種互助會反而會導致成癮患者復發，因為迷思獸的翅膀製作而成的迷思粹究竟是否會導致使用者容易對其他更強烈的製品上癮仍舊對許多人而言是個巨大問號）。儘管迷思粹做為遺民巫師治療人民以及慶典食用已經有百年歷史，一直到文明出現這些東西才被視作禁忌，況且也明明就合法了（同樣的菸酒也是被大多數互助會所抗拒，戒除所有不良因素是對許多療程來說是很關鍵的）。

母親個人是不支持這種推論的，因為她認為成癮患者並不是因為一件東西使用之後慢慢進階成其他東西，她對成癮患者有一大堆的自我解讀，我猜想這大概就是為什麼她和這裡的老闆成為朋友的原因，以及被許多外界人士厭惡的原因——這並不是我現在想和你說的。

在昨天看完那部電影之後，阿藍雖然開始自行在家中如幽魂般行走，但顯然還沒有擺脫望得糖副作用的折磨。我盡可能以最不具威脅的說法告訴他那裡除了製作迷思粹外，還有一個類似分享會的晚宴，大家要說說自己的想法，分享一些自己的生活等等。

阿藍那傢伙對此持反對態度，馬上躺到床上不想移動。我告訴他農場的位置，換好衣服後便自己前往農場了。

迷思粹農場入口是一個巨大的木製中空人像，你必須穿過那個木製人像中間，接著是一長條透明管道，你能看見外頭的天色和附近的草皮，一直走著走著往地下走去，愈往下走溫度就愈寒冷，到了門口他們會遞給我們禦寒外套和捕捉裝備（木棍網子，收集籃），接著便是進入迷思獸大本營了。

一打開門就有許多小小的、比蝴蝶小上許多的迷思獸，但你仍然能看到牠們在空中四處飛舞。牠們的翅膀拍動時會閃爍些微的銀藍光澤，像是在反射燈光一般，而牠們移動的速度比蝴蝶快上許多，捕捉並不是非常容易的事情，即使農場老闆給了我一根很長的木棍捕網。

我不斷回頭張望，但都沒有看見阿藍那傢伙的蹤跡。我在迷思獸大本營中閒晃，蹲在地上仔細地看著裡頭所種植的寒帶植物，我並不知道這些植物的名稱，但大多數的葉子都類似蕨類般蜷曲，不過大小要大上許多。在這些翠綠色的葉子上有許多蛹殼，有些脫殼了，有些還完整沒有破損，附近還有一些很細小的、銀白色爬行在葉脈上類似毛蟲的生物，我注意到有些毛蟲會互相咬食彼此。

我記得那些都是迷思獸的幼體，牠們專門食用這一類植物的葉子，偶爾似乎會互相吞食，當時間成熟便會結蛹，結蛹後兩週之間便會破繭。這些類似蝴蝶的小動物們，生命週期和蝴蝶相仿，牠們會吸食草葉的枝葉，吸飽時飛行速度較慢，腹部會有些綠色的色澤。

隨同我一同進來的其他人都在認真地捕捉著迷思獸，我也起身朝空中揮網，就在我追趕著其中一群迷思獸們，將牠們逼入籃中時，我聽到門口那兒傳來小小的爭吵聲。我回過頭去看門口，就看見只穿著短袖的阿藍站在那兒，雙手交疊胸前不斷顫抖，完全不理會員工在一旁告訴他要快點穿上外套，不斷四處張望。

我舉起手中的木棍揮了揮，阿藍那傢伙看到我這裡，連忙要走過來，但他沒走幾步顯然就因為太冷了而轉回頭走到員工旁，這時他才乖乖地把禦寒外套穿上。當我走近他，他臉上露出一副得意的微笑，像是他贏了什麼獎賞似的。

我搖了搖頭，收納迷思獸的籃子蓋子顯然因為方才被阿藍打擾的緣故沒有蓋好，當我低下頭看向我的籃子，發現方才那些迷思獸全都飛走了，最後一隻迷思獸先是跳到我手指上，在我來不及將牠推回籃中前，隨著自己的同伴飛離我的視線範圍。

阿藍那傢伙輕哼了聲，便走離我身旁，開始農場探險。他愉快地四處跑跳，有些迷思獸甚至還莫名其妙停在他的身上頭頂，老闆經過我身旁看見那現象時也很驚訝，因為迷思獸多半是會迴避人類的（我不太確定那是不是因為牠們知道我們在捕捉牠們來吸食）。當我終於抓到一籃迷思獸後，阿藍那傢伙一隻也沒抓到，他笑著在農場內部到處移動，周身都繞著迷思獸，好幾隻仍然停在他的頭頂，那些迷思獸在他渾身飛繞，無論他怎樣撥弄都沒真的離遠。

說實在的，我並沒有很意外這種事情會發生。

我很小的時候，母親帶我來這裡，進行過一次迷思粹製作教學。

迷思獸的翅膀被商標為迷思粹，由於商品多元化的追求，除了單售翅膀粉末外，尚有販售整包迷思獸的生產線。我旁觀過一次農場的生產流程，工人將迷思獸先送進真空冷凍乾燥室，在那裡所有迷思獸都會極速飛舞，因為零下的溫度使得牠們必須快速活動提高體溫，但沒過多久，全部在空中的迷思獸就會墜落到地板上。首先牠們會先經歷冷凍過程，基本上類似你把食物扔到冷凍庫的狀態；再來進入乾燥步驟，在真空環境下將原先迷思獸體內水分結成的冰直接蒸發，最後再提高溫度將剩餘的水分全都氣化，然後以真空包裝，如此一來能盡可能拉長保存期限，也滿足一些顧客喜歡看到整隻迷思獸，自行裁切翅膀的慾望。

而農場內部裁切迷思獸翅膀的流程，對外界而言或許比較恐怖一些，因此通常不會以此做為宣傳內容，許多顧客或許根本也不想知道究竟這些翅膀是怎麼取下的。

這些業務主要都是由工人執行，母親帶我來這裡除了告訴我迷思粹的歷史之外，還有告訴我有些房客會需要定期來這裡，除了完成這些額外的小任務外（母親說那是建立成就感的步驟），還要進行一頓告解晚宴，而那個晚宴才是今天我們來這裡的主要原因。

阿藍坐在我對面，我們與一些其他人坐在生產線的兩側，已經經過強風旋轉弄暈的迷思獸們正一批一批從管道盡頭推近我們面前，就像是旋轉壽司吧的食物一樣。我們要從這些暈死的迷思獸身上，將其翅膀切下，並放回管道平臺上，把迷思獸的身體扔到底下的籃子中。這些身體失去了任何一點原先閃著銀藍色的光澤，看起來幾乎就只是淺淺的灰色了，有些在籃中還會抖抽著身體，並沒有死透。

原先我有些懷疑阿藍是否能夠有效率地執行這個行為，畢竟方才他與迷思獸們相處那麼融洽，但他切下翅膀的速度相當地快，一點兒也沒有猶豫，不像從前幾個母親帶來的房客，在這迷思粹生產線前都忍不住嘔吐哭泣，彷彿他們真的都不知道平常抽食的迷思粹究竟是怎麼來的一樣。

農場老闆在我們結束作業之後，邀請我們到另一側的休閒室，桌上已經擺上許多食物，長桌四周擺滿椅子，我們隨著入座。阿藍坐在我的對面，一臉驚喜地看著桌上一道又一道菜色，中央一鍋白菜雞湯正冒著熱煙。他看著我，微微歪了頭。

我們很快地就開始吃了起來，餐桌上的食物沒多久便被我們整桌的人掃光了，顯然方才捕捉迷思獸和剪下翅膀耗費了不少勞力。當我們幾乎吃得差不多時，農場老闆首先感謝我們前來，並且告訴我們這是一個非常安全的場合，大家不需要告訴彼此真名，甚至建議我們都以代號互稱。接著他便邀請我們開始自行在座位上發言。

第一個發言的人是酒癮患者，有兩個小孩，他說自己現在已經清醒一年了，他曾經將自己兩個小孩送進全男子學院「治療」，但小孩卻死在學院之中，在那之後他每天工作完就是大量酗酒，被開除後更是整天都在尋找酒精，直到有天急性肝炎讓他昏倒在便利商店，在醫院病床上看到哭泣的妻子，他才決心真的要開始戒酒了——老闆告訴他，那就是你的谷底了，你現在正在往上爬了，有一天會更好的。

第二個發言人則是雙親開車，載著自己的弟弟一同入海中自殺。他那天上班回家找不到人、到處詢問，看到新聞才驚覺那就是自己的父母和弟弟。從那天起，他便不知道該怎樣過活，儘管還是每天前去公司，公司也沒有發現他的異狀，但他覺得自己好像也跟著家人一起死了——老闆告訴他這是倖存者症狀，但他要記得，永遠都要記得，那不是他的錯。

接著是第三個家庭慘劇，第四個強力膠成癮，第五個老公出軌，幾乎每一個說這些話時或多或少都有落淚，其中有一兩個是邊說邊大哭結束的。

並不是每個人都需要發言，但阿藍先前從沒來過，老闆特地詢問他是否有想要說的話，阿藍看著我，又看了看老闆，原先已經張開嘴好像是要說些什麼了，但最後又笑了起來、搖了搖頭。老闆回以微笑表示知道了，也沒有要求他繼續說明，而是針對方才已經發言的內容額外增加一些解說，並且鼓勵大家，一定要告訴別人自己的經驗，和他人分享，想辦法找到疏通的管道。雖然一開始好像亡羊補牢，但有一天那個牢會產生作用的——我打斷老闆的比喻（不是因為我認為他的比喻很怪異雖然確實很怪異），告訴他我也想說一點什麼。

老闆露出驚訝的表情，像是他很熟識我，知道我不會參與這種分享心事的單元一樣。我忍下自己翻白眼和做出反感表情的衝動（如果是衝動，真的能夠忍下來嗎？）——我深呼吸了一口氣，沒有看向阿藍，儘管此刻我應該要看著他的。

「雖然我沒、沒有你們面臨的那些困境。」

我吞下口水，一開始試著讓自己說話的方式更流暢正常一些，事實上我確實能夠讓自己說話流暢，但我不太喜歡那樣表達自己。至少不是現在。

「但我最、最近有個很、很困難的事情，我、我不、不知道怎麼幫助我在乎的人。」我又深呼吸了一口氣，「我一、一直都覺得人的、的行為決定了、了自、自自自己究竟是、是怎樣的人，但最、最近我發、發現好、好像不完、完全是那樣。有、有時候好像你很、很努力了，有些、有些、有些事情就還是沒、沒有辦法。為什麼這、這世界上會有些事情是你那、那麼努力了，還是無、無法保護的？哈、哈哈——我、我也不知道我想、想說什麼。」

我不知道為什麼笑了起來，我不太喜歡這樣不確定自己情緒的自己，但最近似乎愈來愈常發生這樣的事情了。

我抓了抓頭髮，將垂落的瀏海往後撥弄，抬起頭看著阿藍。

離開農場回家的路途上沒有發生什麼事情。

我們一開始還有說些話，他說自己從前也會固定參加互助會，直到其中一個互助會的夥伴支撐不下去，一個月都沒有出現後，他們才發現他注射藥物到自己體內死在家中，三天後才被鄰居發現，屍體連家人都不願意領回，還是互助會夥伴們一同出資火化的。他說那次之後他也剛好到達機構規定參與互助會的次數，便沒有再去了。除了因為那事件之外，還有他其實不太明白和陌生人分享故事對自己有什麼幫助。

我們走得很慢，天色已經晚了，有些小動物不斷跑出樹林又跑回去，我們前方出現過兩次鹿，甚至有一隻還走到我們面前蹭了蹭我們身體才離開。我完全不明白牠們究竟出現的作用是什麼，或許你可以明白。我抬起頭看著天空，此刻星星已經很少了，多數發亮的星星都是忘得窩製造發射登空的。母親小時候總是告訴我星星是會自殺的，因為人類不斷許願，導致它們絕種，說得像是星星是什麼動物一樣。

在阿藍說了自己曾在互助會發生的事情之後，我一時之間不知道怎麼回應，阿藍也沒有繼續說話，我們就沉默了好一會兒。而在這過程之間真的許多動物不斷冒出來，我完全不能理解究竟牠們是怎麼回事，難道是因為方才我們進食的氣味讓牠們以為我們還有食物嗎，你能告訴我到底是怎麼了嗎？

在沉默許久之後，阿藍開口問道：「你知道為什麼你會想做好事嗎？」

「啊？」我抬起頭看向他，他眼珠轉了一下，似乎是在思考自己要怎麼說出口。

「做好事、幫助別人、撿垃圾、拯救鯨魚海龜、聽別人分享自己的故事，有的沒的。你不覺得那是因為那會讓你感覺很好，就像你在路邊看到嬰兒掉進井底，你跑去撈起來，其實根本不是因為你是什麼好人，因為根本沒有什麼好人，那樣做只是因為這種行為能讓自己感覺好像很重要很爽，別人的故事讓你好像能經驗什麼自己沒有的經驗。」

我看著他，想了想他說的話，我明白他在繞圈子說話，他如果願意說得更殘忍一些（像是我會告訴你的這些真心話），他或許會說的是，你他馬的到底以為自己是誰，你根本不是在乎我，你不是真的想幫我，你只是想幫助自己，你根本是因為幫助我會讓你自我感覺良好，因為你是個他馬的自以為是白我膨脹的混帳！

「自、自己把、把故、故事說、說出來，感、感覺會比、比較好一些。」我停頓了一下，沒有告訴他這是母親告訴我的，「我、我猜啦。」

「幫你。」我做了空氣引號的手勢，看著他，「並、並沒有讓我很、很爽，我、我很容、容易無、無聊，這、這幾天我真、真的很無、無聊，並、並沒有什麼，很、很開心很、很爽的。」

我吞下口水，看著他，繼續說道：「但、但那沒有關係。因、因為我想幫、幫你，就、就算那會讓我不開心。」

我們說完話後便繼續向前走，走到一半，有一隻鹿又跑了出來，我非常確定那是剛剛最初跑出來磨蹭我們的鹿。牠擋住我們的步伐，在我腿前蹭著，我蹲下身摸著鹿的頭，牠向前頂蹭著我。阿藍那傢伙也蹲下來，低著頭看著地面，撿了根樹枝，在地上畫著，他看起來有些怪異，露出一個笑容，但那個笑容讓他看上去像是霧，風一吹來，就會消失不見——然後他開口問了。

「你真的想知道嗎？」

14

我有點懷疑你不會真的想知道阿藍幹過什麼爛事。

我正騎著單車，從學院別墅返家，昨天在阿藍告訴我他的過去之後，回家又陷入深深的睡眠之中，我便離開家，騎車前往學院別墅。我在那裡收拾一些東西準備帶回家，發現當初整我的鏡子此刻隱約已經能照出我的樣子了——我相信我需要一點時間和你獨處，我很希望我能夠找到比較好的方式告訴你阿藍的故事，像是製作成動畫，影音論文，或者寫成一首無聊幼稚垃圾的勵志詩，但我他馬的真沒有那種閒情逸致。

儘管我早就一點一點告訴過你阿藍的歷史了，現在我試著將完整的版本告訴你，我還是不希望你誤以為這是完全正版的阿藍生命史（就算這大部分都是阿藍自述的），因為你不覺得所有的回憶都疑點重重嗎？沒有人能夠真正理解一個人的。

就像大多數的成癮患者一樣，阿藍並不是一開始就墜入望得糖懷抱。根據他的說法，大概十三歲時是他第一次使用瑞雅樂劑。那是一種黑色長滿利爪蟲子的體液，少量體液在服用初期會出現和迷思粹相似的效果，副作用是效果褪去後會擁有類似宿醉的暈眩頭痛感，也有許多研究指出還會恍神。我看過母親播放的一部紀錄片，許多參與者都是好幾個小時無法專注在任何事情上，只是呆愣地看著螢幕，彷彿感覺不到自己存在一樣。

而在十五歲時，他第一次被家人抓到使用瑞雅樂剎。

那是一次假期旅遊，他們家人開車去露營，露營區旁邊有一座湖泊，阿藍在小木屋中放好行李後便馬上脫掉衣服跳進湖泊中，自己在其中游著。沒多久，其他家庭的小孩也都加入湖泊游泳的行列，他們很快便在湖中分好隊伍，開始玩游泳抓人的遊戲。當天色暗了，孩子們都上岸，阿藍笑著回到小木屋，一打開門便看見父母坐在沙發上，母親的腿上放著他的外套，而他的妹妹不在。阿藍的父親舉起手中的袋子，詢問他為什麼有這個東西，阿藍告訴他那是朋友借放的。

「什麼朋友？」阿藍父親的聲音應該在此處加重了些。

阿藍也提高了回話的音量：「反正就是一個朋友，是誰又不重要。」

「阿藍……」他母親撥了撥自己的頭髮，「我們需要告訴對方的家長。」

阿藍先是用腳尖踢了踢木質地板，發出了一點聲響，他抬起頭又低下頭，看上去很不情願，但最後還是告訴了父母，是他班上一個綽號叫做蟲子的傢伙。聽到這答案後，他父親要求他把蟲子的聯絡電話給他。

「這又他馬的不重要！」我猜測阿藍帶點吼聲，雙手交疊胸前，問道：「你們不相信我嗎？」

「你現在不應該是這樣的態度。」他父親說道：「把電話給我。」

阿藍悶吼了聲，從一旁的背包中拿出他的手機，將號碼很大聲地念了出來。他父親先是將電話號碼記下，他母親接著繼續問話。

「你用多少次了？」

阿藍態度軟化了些，「一次而已。」

「我們必須談談這件事情。」他母親站了起來，拍了拍自己的臉頰，「阿藍，我們不是在罵你。」

阿藍應該是露出排斥的表情，哼聲回道，「不然呢？」

「我們希望你能好好和我們談。」他母親說道，指了一旁的沙發，「你能和我們說，你為什麼要用這個嗎？」

「只是好奇。」阿藍低下了頭，看著自己的腳尖，輕輕踢著地板。

母親繼續問道：「那你用了之後的感覺是？」

阿藍停頓了幾秒，才抬起頭來。他抓了抓自己的脖子，又抓了抓自己的手臂，接著小聲地回道：「很怪，我不喜歡。」

聽到這答案，他父母都像是剛剛舉重許久終於可以將啞鈴放下一樣，但他們也沒有就此結束話題。父親繼續詢問究竟為什麼還會把這東西放在身上，阿藍則是皺起眉頭，又提高了一點音量，聽上去像是有點憤怒不滿，告訴他父親只是自己忘了而已。

最後他的父母向他確認未來他不會再使用這東西，並且告知阿藍回家後將禁足直到學期結束並且沒有零用錢了，隔天他們便繼續露營行程——但是也就像多數從小對某些物品成癮的患者一樣，父母在一開始發現時，試圖解決資源問題，砍斷小孩的社交網路，砍斷小孩的資金來源，希望這樣就能夠讓小孩們因為獲得「那個東西」的難度增高而就此擺脫黑暗，但小孩總是會找到其他方式的。

阿藍第一次偷竊被抓到是在十六歲。

那天他的父母趕到學校，在教師辦公室，老師告訴他阿藍偷了同學的錢，口袋裡還有瑞雅樂剎。在父母和老師的逼問下，他承認他是和「其他人」拿了瑞雅樂剎和其他相似的產品，但身上的錢不夠付才出此下策，他很抱歉，他只是因為同學們都在用，他覺得自己不用的話就不夠厲害了。這對阿藍的父母甚至是老師而言都是不可思議的說法，因為阿藍在當時是校園模範生，是海報男孩，是那個校園中總是被低年級學生提及，傳奇般的學長，這樣的人怎麼可能會擔心自己不夠討人喜歡？

他的父母不能理解這樣的事情。

你能理解這樣的事情嗎？

讓阿藍父母更不能理解的是，那個總是和藹可親，善解人意，幽默風趣，舉手投足都受到眾人喜歡，甚至連隔壁脾氣很糟的鄰居夫妻都很歡迎他前去作客的兒子，在十七歲時忽然偷拿了他們放在抽屜的錢，和一些值錢的包包、藝術品，就這樣沒有任何徵兆的消失了，一個禮拜後才又毫無預警地回到家中。他家人以為是半夜小偷試圖闖入，父親還拿著菜刀走到客廳角落，有那麼幾秒我相信他父親是真的以為自己看到了陌生人。

一個禮拜不見，阿藍一副虛脫的模樣靠著牆壁，他試著向父親露出微笑，試著喊他爸，試著喊躲在他父親身後的妹妹的名字，但他連話都說不出來，就整個人倒在地板上，像是方才用鑰匙開門就花光他所有力氣的樣子。他家人趕緊將他送到醫院，在醫院的醫生檢查過後建議阿藍的家人將他送到忘得窩進行四週的治療，那時候他家人才知道導致阿藍如此虛弱的東西是望得糖，他的父母無法理解自己的小孩才十七歲，怎麼可能變成這樣。他們怎麼會沒有發現？

他們怎麼可以沒有發現？

阿藍第一次使用望得糖的那個瞬間，他就知道自己找到了。

十七歲生日過後沒多久他開始使用望得糖，他的學業無人能敵，他參加的球隊隊友也都將他視作球隊靈魂所在，他同時和好幾個人過從甚密，細節我相信就不用告訴你了——但那些外界的事情都不是他之所以繼續使用望得糖的原因。更受到大眾喜歡，對他而言或許只能說是望得糖的副作用之一。讓他繼續使用望得糖的原因，就像母親曾經遞給我許多的研究資料中陳述的一樣：服用望得糖過後，有那麼幾個小時，他們感覺不到自己的匱乏，他們覺得自己無所不能。他們不再害怕。

阿藍的雙親就像許多望得糖成癮者的親屬一樣，在從醫生那裡得知阿藍開始使用望得糖後，將他帶去忘得窩療養院，那兒擁有一流的治療措施，並且提供忘得糖來降低所有入院者對望得糖的需求。當阿藍被父母強制要求入住忘得窩時，忘得窩其中一位治療師對他的父母說，不要擔心，忘得窩會提供一切所需的治療內容，來替你們兒子度過這一個階段。

在那兒待了四個禮拜，每天服用一顆忘得糖的阿藍出院了，出院時陽光普照，一切似乎都開始好轉。阿藍固定參與忘得窩互助會，擁有新的朋友圈，而或許是因為經驗過那樣慘痛的經驗，阿藍的大學入學申請作品集非常精采，加上原本他的成績就相當優異，毫無懸念地如同過往他家人的期待般，他申請到一間藝術學院，將在那裡學習寫作與繪畫——阿藍的父母深信自己的兒子已經被忘得窩拯救了，即使阿藍自己知道並不是那樣的。

忘得糖並沒有辦法做為望得糖的替代用品，這是阿藍說的，也是母親給我看過的許多研究資料中，望得糖成癮患者所說的——儘管至今，忘得糖仍然做為望得糖成癮治療的主流方式，忘得窩療養院費用高昂，仍然供不應求，時常需要排隊數月才能入院接受治療。

服用忘得糖的時候，阿藍說他無法感覺自己，他不能確定自己是真的存在，一切都像是踏在雲上，他可以勉強在日常對所有人露出微笑，盡可能地如常生活，但也就只是這樣了。當他父母擁抱他的時候，他會用力擁抱回去；當他妹妹跳到他身上抱住他時，他會摸摸她的頭髮，但也就是那樣了。那所有的行為都只是機械式的，他知道他應該要這樣回應，但他從那些擁抱之中感覺不到任何東西。

進入大學後的阿藍一開始也仍然游刃有餘，在學校很快就受到教授喜愛，團體討論時總是自然而然成為領導人，也被教授找去擔任助理（儘管他才剛入學）。阿藍和家人每週通一次電話，透過電話內容，他的家人更加深信阿藍已經度過了「那個階段」，阿藍的父母並沒有和其他人說過阿藍的狀況，對外只說阿藍身體有點問題需要照料，他們非常慶幸他們不需要和其他人說明阿藍的這個階段，畢竟一切都恢復正常了。

直到阿藍在第一個學期結束前忽然失聯了。

阿藍說他有時候懷疑自己其實是一座屠宰場。

他不知道自己是從哪個時候開始這樣感覺的，就像是所有送向他的物件都註定毀滅一樣，他不確定是不是因為想要修正填補這種感受他才開始使用望得糖的，但他知道望得糖帶給他的感受——望得糖讓他不再害怕。在離開忘得窩療養院後，他確實戒除了好一陣子的望得糖，直到一個人搬進宿舍，要開始大學生活了為止。

學期開始後他很快便被學校其中一名教授找去擔任寫作課程的助教，每週有一堂兩小時的課程是他和參與的同學討論各種寫作過程的問題，並且分析各種文學作品。

在那時候他注意到有些從前他完全不感興趣的詩集受到許多同學喜愛，他最熱愛的活動就是在課堂上指出那些詩集有多缺乏文學技術和藝術價值，課堂結束後通常他會和同學一起去吃晚餐，偶爾是和一些同學去打籃球或者游泳。

一切都很好，直到一切都開始不好了為止——這句話像是廢話，但確實就是這樣。

阿藍自己也說不上是哪個時刻開始，總之是在大學學業上了軌道之後的事情了。他開始睡不著覺，在單人宿舍的他起初懷疑是因為光線的緣故，因此他自行裝上遮光窗簾；後來以為是一些外頭夜晚的噪音，他開始戴上耳塞，但這些都無濟於事。他開始失去穩定的睡眠，一天能睡上四個小時就算非常幸運了。

他先去尋找了校園的心理諮商師，幾週的對話下來他仍然感覺不到幫助，但為了避免諮商師將他轉介到校外的醫療體系，在最後兩次的治療中他脫口而出自己是因為失戀的緣故，看到心理諮商師放心的表情。他告訴諮商師他已經不愛那個人了，他覺得自己可能可以走出來了，於是他便沒有再前往心理諮商了。

沒有多久之後阿藍便開始陸續使用望得糖，他告訴自己這只是偶爾的事情，只是短暫的，只是暫時讓他能夠繼續下去。他甚至將一顆忘得糖切成兩片，試著一週只使用半顆。他說服自己這樣的用量不至於成癮，對他的身體不會有任何損害。這在初期是有效的，直到一週半顆完全失去效果，他開始一週一顆，直到一週兩顆，直到每一天他都得吞下一顆才能睡著，之後就是兩顆、三顆，直到他身上所有的錢都用光了。

終於在忍耐了一個禮拜，幾乎沒有任何睡眠的情況下，他約了過往拿取望得糖的「朋友」，說他要購買幾罐望得糖，之後匿名舉報了過半小時後會有交易的消息。由於交易數次了，對方並沒有起戒心，當對方遞給他三罐望得糖時，阿藍假裝要從背包拿錢，緊張地觀望四周，將望得糖放入袋子中，直到聽見警車的聲響，下一秒他便用力將那個人推倒在地，死命地逃。他不知道那個人最後有沒有被警察抓到，他只知道他不在乎這些，他只在乎背包裡那三罐望得糖。

你知道望得糖融化成液體，用針筒直接注射，效果比口服更好嗎？

阿藍後來都是用注射的，因為口服的效果實在太慢了，注射進體內的效果幾乎是馬上生效的。他又可以睡覺，又擁有能力和所有同學朋友交流了，那種「我自己是一座屠宰場」的感覺還在，但他不害怕了，他也不再像之前一樣躲在宿舍牆角大哭只因為無法控制自己的悲傷。

之所以從大學逃出去，是因為阿藍發誓當時他不斷感覺有人在跟蹤自己，他懷疑自己是被某些組織給盯上，可能是警察政府或者是販售望得糖的老闆。每一次只要自己回頭，他會看到一些黑影躲起來，躲到樹叢中，躲到樹幹後頭，只是當他衝向前去確認，那裡都沒有人——直到他有天睡覺睡到一半，窗戶傳來撞擊聲，他說他看到有手在不斷敲打玻璃，那一個晚上他什麼也沒帶只把錢包和剩下的一罐忘得糖和吸食用具帶走，就逃到大街上了。

根本沒什麼錢的緣故，他好幾天都睡在大街上，躲在橋下或者地下道中，注射望得糖的劑量愈來愈高，直到他將所有望得糖都用完了。他偷拐搶騙了幾天，有些路人還直接扔錢到他身上說他看起來像是快死了，但他根本不在意，他存夠了錢，找到管道再購買一些望得糖，但那些望得糖根本不夠用。

在沒有錢，也沒有望得糖，天氣愈來愈寒冷的多重脅迫下，阿藍忍了一個禮拜但最後還是跑回家中。他特地選在家人都去上班上課的時間，他並不是禽獸，他不想要任何人受傷，他只是需要錢。他用鑰匙打算開門，卻發現門鎖已經換了，他無法用原本的鑰匙打開門。他爬到窗戶試圖打開門窗，但窗戶都鎖上了，最後他拿了路邊的石頭砸破窗戶，從破掉的窗戶爬進去，爬的過程割傷了他的手臂和腳，警報器響起，但他不在乎。

他先是跑到自己房間拿了背包穿上保暖外套，打開背包夾層中發現還有一顆望得糖，他直接吞下，接著跑到父母的臥室，拉開抽屜，抽走裡頭的錢，他知道床底下還有一些首飾，他將那些可以用來換錢的東西全都塞進自己那救命背包中，他試著塞下父親掛在牆上的一幅書法帖，他知道那幅書法帖可以換十幾罐望得糖，但他塞的過程中將畫框給弄壞，書法帖整張拗壞，他氣得將其揉成紙團扔到一旁。

在廚房尋找值錢物品的過程他不小心打破了幾瓶酒，他沿途尋找可以換成望得糖的東西，想到許多親屬偷竊的刑事案件都是因為那些人忘記要湮滅證據，於是在他出門時他從客廳拿了打火機，點火扔到廚房酒瓶破掉、到處都是酒精的現場，火勢一下子就冒了出來。

自動灑水器也澆不熄這火勢，阿藍多待了一下，審視自己的傑作，將背包拉起準備離開，這時候他聽到他妹妹的聲音。阿藍不知道他妹妹因為生病的緣故今天沒去上學，他已經好久沒聽到自己被呼喚的聲音了，他看向樓上階梯，他的妹妹正站在一樓階梯盡頭，一旁就是四處蔓延的火勢。

15

阿藍說那天他真的非常懷疑自己其實是一座屠宰場。

如果那天阿藍的妹妹沒有因為生病而在家，或許他的偷竊就會成功，他將擁有足夠多的錢能夠購買至少好幾個月份的望得糖，如果他省吃儉用的話。不過他並沒有成功，父母趕回來時阿藍抱著自己的妹妹站在火燒的屋子外頭大哭，不用多作解釋，看到背包中的那些東西，他的父母便大概知道究竟發生了什麼事情。

第二次入住忘得窩療養院，阿藍覺得自己是被脅迫的，確實情理上他也是被逼迫的，因為他成年了，父母無法逼迫他入院，於是他父母給了他幾個選項，一個是報警被關，一個是自願入住忘得窩療養院。重新回到忘得窩療養院中的阿藍發誓自己絕對不要再使用望得糖了，他無法相信自己差點害死自己的妹妹——但才一個月，阿藍便自行退出忘得窩療養院了。

根據阿藍的說法，他認為自己已經痊癒了，不再需要忘得窩的幫助，於是他便「自行出院」了。出院的頭一年他試著重新申請學校，也如願申請到一間不錯的學校，他父母答應會替他付學費和生活費，只要他願意每週固定和他們視訊通話，確認他的精神狀況是好的，阿藍也答應了，頭一次的視訊通話進行得很好。

「爸，我知道，我現在已經清醒三百二十天了。我不會再用了。」阿藍坐在自己的宿舍的地板上，將筆記型電腦放在床上，一邊在筆記本上畫著圖。他低下頭，沒有看向螢幕，「呃那、那個，妹她在嗎？」

「她在上課，你知道的。」阿藍的父親說道。

阿藍抬起頭看向螢幕，問道：「不是因為她怕看到我？」

「她不會怕你，她根本不知道發生什麼事情。」阿藍的父親說道，這時候他的母親也加入對話中，拿著一杯熱茶坐到他父親身旁。他父親顯然有些情緒湧上來難以說話，他母親則是詢問了阿藍打算選擇的課程，還有學校的同學與他的相處狀況如何。

等到阿藍的父親收拾好情緒，他看著螢幕中帶著笑容的阿藍，說道：「聽著，你做得很好了，你可以更好的，你值得所有的東西。這——這個階段，這只是個階段而已，你會度過的。我們都在這裡。」

他們的第一次視訊對話就在這樣的情境下結束了，他父母都認為他正在恢復正常，不過才正式入學沒多久，阿藍便開始失聯，開始是一週沒有回電，慢慢變成兩週，慢慢變成一個月，最後是兩個月。直到有天阿藍主動打給他的父親，憤怒地詢問他為什麼戶頭的錢全都沒了，他的父親告訴他那是因為他自己違約了，學校通知他阿藍自行辦理退學了，他的父親非常確定他又復發了——阿藍說當時如果距離上可行，他或許會真的跑回家放火燒掉他們的家。

阿藍在電話那頭試著告訴父親自己只是偶爾使用，為了讓自己頭腦清醒一些。「我搞不懂你到底是在幹麼，你這麼努力了，為什麼又要讓自己失敗？」阿藍的父親在電話那頭吼道：「為什麼看不清楚現實，你把自己搞成這樣了，你到底在幹什麼？」

「這——這不、不是我造成的，我沒有辦法，我呃、我需要望得糖。這不是什麼階段，我就是這樣的人，他馬的搞不清楚現實的人根本就是你！你什麼時候才會知道有問題的是你們根本不是我啊！」阿藍對著電話大吼，便掛了電話。

過沒幾天阿藍在凌晨四點多打了一通電話給他的父親，顯然是剛注射完正在亢奮的狀態。阿藍向自己的父親咒罵一堆他厭惡的作家，說著自己寫了一本超好的書，想要帶回家給他看，只要他匯給他一點錢他就有錢搭車回家了——他父親拒絕了。

阿藍大罵了幾聲，但很快便向父親道歉，他稍微軟化了口氣，說自己要回家讓他看看自己根本沒事，精神狀況超級好，根本沒有問題，自己已經控制好症狀了，不會再有什麼痛苦困難的事情了。但他父親只說了如果你不願意徹底解決這問題，那你一回家，他便要報警——阿藍憤怒地掛斷電話，好幾個月都沒有再和家人聯絡。

但他還是回家了，在半年過後。

他幾乎已經瘦到不成人形，站在他家門外，靠著門狂按著門鈴，他的父親打開了門把他抱進去，替他準備了一些食物，當他稍微清醒一些後，詢問他究竟做了什麼。他沒有回話，只說自己需要幫助。他沒有辦法戰勝這件事情。當晚他躺在自己的床上，明明是很久之前的床了，他卻覺得自己好渺小——但隔天一大早他便又逃了出去。

這樣的偶爾停留延續了一年，直到他父親下定決心不能讓他影響其他家庭成員，他被完全斷絕經濟支援（儘管他確實幾乎都是拿去買望得糖了）。阿藍承認自己並不太記得之後的兩年間發生什麼事情，因為那兩年間他幾乎每天都在尋找可以獲得望得糖的方法。他交往了數個他都不記得姓名長相性別的人，只因為他們有錢，你可以猜想他為了要有錢買望得糖究竟做了什麼事情。他也搞砸無數個打工，因為望得糖的效果褪了他無法面對人群——但阿藍說那或許和望得糖根本無關。

在二十二歲，有一小段時間阿藍養了一隻貓，他在樓下機車上找到一隻黑色的貓，那隻貓連續好幾天都待在那兒，一看到他就喵喵叫，他起先不打算理睬，畢竟他自己都養不活了要怎麼管那該死的東西，但那貓每次他回家便在大門口不斷死命蹭著他腳，最後他勉為其難將貓抱回家，上網找了二手的貓沙盆，買了一些貓沙，便開始養起貓來了。

那陣子他的精神狀況稍微好了些，對望得糖的需求也降低很多，工作也開始上手了，雖然做為服務生實在不是有什麼好說嘴的，但他已經做了一、兩個月，那是他持續最久的工作，他從來沒有待在任何職位上超過兩個禮拜。上一次的工作是火鍋店的店員，在望得糖開始失效時，他幾乎每一次端湯都想把熱湯淋到客人頭上。

有天貓咪身體開始抽搐，走路也不太穩，三不五時就跌倒，原本阿藍覺得看上去滿有趣可愛的，後來看到地板上有好幾顆望得糖，貓咪也開始嘔吐還腹瀉，他這時才意識到貓咪可能不小心吃了幾顆。他連忙將貓咪帶去獸醫院治療，但他不敢和醫生說出究竟是什麼原因造成的，醫生看著他的眼神，阿藍說那就像是把他的靈魂看穿一樣，反而讓他更不敢說任何話了。

貓咪在急救後沒有大礙，但仍需要住院幾天，阿藍身上並沒有錢，他告訴獸醫自己忘了帶錢包，轉過身便走向最近的救援所。救援所替無家可歸的人提供保暖衣服和食物及藥品，過去阿藍靠著裝病騙取那些藥物，再便宜轉賣給他人換取度日的費用，他已經很久沒有這樣做了，他懷疑自己能不能做到——他觀望四周，找到明顯是新進的志工，刻意排到那個志工的隊伍前，由於望得糖副作用的緣故，他確實也就是病重的模樣，要說服新手志工應該不是難事。

要不是我母親當時也在那裡的話。

我母親當時也在那間救援所（事實上她在許多救援所都擔任志工或監督，我實在不知道為什麼阿藍可以在那個時刻剛好遇到剛好在那裡的她，而且她也剛好看到阿藍），母親注意到阿藍的行跡向前關切，並告訴新手志工由她來接手即可。她將阿藍帶到一旁，阿藍開始假裝咳嗽和指著自己胸口用非常沙啞的聲音說自己非常疼痛，但母親一眼便看穿了他的舉動，阿藍也知道自己的偽裝是無效的。

阿藍見狀便轉身離開——但我母親不是個輕言放棄的人，阿藍笑著告訴我，當時母親追出救援所，跑了好幾個街區，直到他喘不過氣停下來，她站在後頭，沒什麼喘地雙手交疊於胸前看著他。母親給了他兩個選擇，一個是他說出來這裡的真正原因，或許她還能幫忙；另一個選擇是他可以離開，然後自己想辦法解決目前的問題。

阿藍掙扎了一會兒，盤算要如何欺騙我的母親，想好一整套故事後抬起頭看她，卻發現自己似乎不可能對這個人說謊。阿藍問我知不知道有些人，你看著他，就是不想說謊，我點了點頭——總之，阿藍最後決定將自己來救援所的原因告訴母親。

在得知狀況之後，母親替阿藍付清了獸醫院的費用，但告訴阿藍她會將貓咪帶走，並且給了阿藍一間療養院的資訊以及她的聯絡方式，告訴他如果清醒一年後，有意願重回社會的話，她可以試著幫他。

阿藍沒有把她的話聽進去，名片資訊隨手扔在他簡陋住宅的桌上，又過了一年。這一年阿藍說真的沒有什麼好講的，就是繼續想辦法找到錢來買望得糖，盡可能在效果發揮時賺錢，失效時就吞安眠藥物度日。他注射的劑量愈來愈重，他睡了不少的人只為了換取足夠的金錢，他不太在乎健康（都這時候了在乎什麼健康），有一餐沒一餐地吃，有時候躺在床上無力移動的時候他會幻想自己直接餓死。

他一直都沒有和家人聯絡，但家人仍然會打電話來，也會傳訊息，他都沒有點開來看，當然也沒有接通。有一陣子好幾個禮拜都沒有任何訊息傳來，他也不是真的在意，畢竟他每天都注射幾乎是過量的劑量。在有天望得糖效果開始褪去的清晨，他爬起床點火燒著容器中的望得糖，多丟了好幾顆進去。

他在等待望得糖融化之際，拿起掉在地板上的手機，原本是想要傳訊息告訴家人自己的地址，他覺得這幾天自己就會死了，但他卻看到母親傳來的簡訊。簡訊是三個禮拜前傳來的，母親在簡訊中告訴他妹妹重病，阿藍說他不太確定簡訊的內容，那一段記憶他有點莫名模糊，他只知道母親希望他能夠前來探望妹妹。

阿藍說，那時候他知道了自己就是那座屠宰場，那座把所有東西都收攏進來，全部扭曲變形毀滅的東西——他覺得這是谷底了。

你記得我告訴過你的谷底理論嗎？

當然這不真的算個理論，但這是母親（和許多成癮研究）都指出的，大概的說法就是成癮患者需要經歷一個谷底，那個谷底會讓成癮患者覺醒。如果你想要用文學一點的方式來理解，就是英雄旅程中，英雄暫時失去一切、大力士失去神力、小魔女失去魔法，這時候主角會真正離開自己原先的舒適圈，藉由失去，更明白自己是誰。

幾乎每個成癮患者都會需要一個谷底，一個真正的低點，讓他自己真正決定，要停止了，從那個時刻開始，你才有可能真正向前。但困難複雜的地方就在於，沒有人知道谷底究竟在哪裡，因為每個人的谷底都不一樣，成癮患者的家人常常不斷祈禱這一次就是他們的谷底了。出車禍了還不能清醒嗎？被退學了還不能清醒嗎？老婆離開了還不能清醒嗎？但通常不是你所期待的谷底才是谷底。當我聽到阿藍不小心差點放火燒死自己妹妹的時候，我以為那就是他的谷底了，但顯然不是。當我聽到貓咪快死了的時候，我也以為那就是他的谷底了，但顯然也不是。

我並不知道為什麼阿藍會是在沒有看到簡訊之後決定要克服望得糖的誘惑，阿藍自己可能也不太清楚，但他說他知道那時候有個聲音告訴自己：夠了。那個聲音忽然比其他一切的聲音都還要大聲。他說看著手機簡訊，發現那個無法倒帶，不可能回收的兩個禮拜，那就是他的谷底了。

谷底之後的事情就很無聊了，阿藍聯絡了家人，告訴他有一間療養院，家人仍然慷慨地替他出了住院費用，他自己一個人進去那間療養院。每個月他的父母會前去療養院與他會面，他的妹妹病好了之後也去過幾次，在那間療養院中阿藍度過了三個月，出院後他前去另一個國家擔任志工，並且繼續執行他的戒癮計畫，滿一年後他打了通電話，詢問母親當初的邀約是否還算數。

沒多久之後，鬼月到了，他就來了。

阿藍說好幾次的經驗讓他從原先不相信宇宙是存在一點善意的，到開始相信宇宙是有善意的，儘管他知道那就只是虛幻想像而已。證據是放火燒掉父母房子時，他的妹妹竟然因病站在樓梯上，讓他忽然間清醒了幾秒，雖然那顯然沒有真的讓他跌到谷底。在幾乎快要無以為繼時，一隻貓咪莫名其妙出現了，但仍然沒有讓他看清現實，而貓咪因此受罪，這導致他遇到我的母親。在他真的幾乎覺得就是要到底了、毫不在乎的時候，他母親的那封簡訊像是雷一樣打到他了。

我不知道那是不是他現在看上去格外慷慨的原因，儘管望得糖的副作用讓他看起來非常虛弱，但他昨天說這些的時候，他是笑著的，雖然他的笑容看起來一碰就會碎掉。

這些就是我可以告訴你的了。

你還記得我現在正在騎腳踏車吧？

騎到快要接近家門時，我先停了下來，在母親時常提及的療程中，她說過重播的重要性，每個成癮患者，都要不斷重播自己的記憶，重複確認自己，讓自己知道那就是最糟糕的時刻了，去重新體驗那種痛苦。不是去迴避那些傷痛，因為如果不去面對，只是不斷向前、頭也不回地跑，有一天那些傷痛就會追上你，把你吃掉。

母親就是個他馬的詩人，話都不願意好好說。

我不知道重播別人的記憶對我有什麼好處，畢竟我從來沒有真正明白過為什麼要使用那些東西。在理論上我可以理解，在旁觀的角度上我可以體驗，但我並不真的明白那種「我自己是座屠宰場」的感覺。我從來沒有那麼龐大的空洞需要填補，我一直都很清楚自己是誰——好吧，如果你真的希望我對你誠實的話，確實我有過幾個怪異的時刻不太明白自己是誰，像是阿藍出現的時候，但那並不是什麼重要的事。

阿藍重播自己的過往時幾乎是半哭半笑的，他最後是把頭靠在我胸膛慢慢講出來的，他沒有辦法一次講完，他講了很久，常常講到一個地方就得停下來。即使現在已經過了好幾個小時，我騎著車回到家門前，還是隱隱約約覺得他仍然靠在我胸前顫抖，而我只好抱著他告訴他我在這裡——但他馬的我根本不知道該如何是好。

我深呼吸了好幾次，又深呼吸了好幾次，騎上車，轉回頭將單車繞去海邊。我將車子停在角落，背著大提袋跑到我的祕密洞窟，由於提袋內的東西體積太過龐大，我只好將它放在洞口旁的石頭上。我鑽進洞窟內，確定我講話的聲音不會太過動搖時，掏出手機，撥了通電話給母親。

當母親接起電話時，我詢問她是不是快回來了（儘管我明明知道她今天就會回來，我想她也知道我知道，馬的，該死），告訴她我今天沒有去淨灘，並且詢問了一些無關緊要的問題，像是貓咪是不是一直在掉毛，庭院是不是該修剪了，順便告訴她我去了書店老闆的家，還告訴她我把電視和遊戲機都搬出來了，也告訴她當初她給我的魚缸是有裂縫的，已經爆炸了。

母親說我終於發現魚缸壞了，她還在懷疑是不是我根本不會發現這件事情，畢竟我從來都不願意製造什麼新的東西——我深呼吸了一口氣，忍住我想罵出口的話（幾乎快要不能忍住，髒話第一個音都快跑出來了），雖然母親這樣的行為並不太讓我意外，畢竟我都告訴過你很多次了，母親從來不直接告訴我該怎麼做以及做這些事情的原因，儘管她總是要我做這個做那個因為可以怎樣怎樣，但那些從來都不是她要求我行動的真正目的，她總是想要我自己找到答案，或者在尋找答案的過程中發現自己找不到答案再詢問她。我不知道為什麼自己現在會忽然有這樣激烈的反應。

我連忙繼續深呼吸了幾次，告訴母親沒事不用擔心，我試著讓自己說話不要聽上去破綻太多，告訴母親我只是有點疲勞，沒睡好，所以情緒有點不好，接著詢問她婚禮的狀況，要她和父親和父親的伴侶說我很想他們——我可以發誓母親一定在電話那頭露出她那「意味深長」的笑容，等著我自投羅網。我先是說了「阿藍」兩個字，但我馬上便咬住牙齒沒有繼續說下去。

我想要掛斷電話了，說實在我真他馬的不明白為什麼母親總是不直接告訴我我需要的答案，明明她就很喜歡告訴我一些我從來沒有問出口的事情。像是從小各種書籍資訊強迫我知道一大堆我根本不想知道的東西，強迫我和陌生人分享房間和分享我的世界，這些事她從來沒真的問過我的意願，還是扔給我了。但當我真正需要什麼知識的時候，她卻總是這樣，一句話也不說，除非我主動問她。

我先是將手機放下，幾乎就要掛掉了，但最後還是將手機重新拿回耳朵旁。

我用力吸了一口氣，說道：「我不知、知道怎、怎麼幫他。」

16

我希望我能告訴你之後發生的是這些事情。

和母親通完電話，我待在我專屬的洞穴（儘管阿藍也進來過了），繼續躲在那兒好幾個小時，才從那裡離開，騎車重新回到家門前。我提起滿有重量的大提袋，裡頭塞滿我從學院別墅拿回來的東西，這讓我走路的行動有些困難，當我好不容易打開門，整間屋子都是暗的。我能聽到許多人正在努力不要發出聲音的那種聲音，我假裝沒有注意到這件事情，打開牆上的開關，當燈一打開，我就聽到一大群人喊「生日快樂」。

我馬上露出驚訝的表情，維持數秒後笑了起來，擁抱許多靠近我的人。母親和父親及父親的伴侶都回來了，他們每年都會替我辦一場很沒有必要的生日派對，但做為一個該死的有禮貌的人，我當然是不會戳破他們的好意。每一年我都會和所有前來的人進行友好的交流，確保每個人都開心，畢竟這是我的生日派對。

我將提袋拿上樓，擺在房間便回到派對現場，有幾個從前是房客但後來成為家族朋友的人也在，我向他們一一問好，詢問近況。沒有多久母親便逮到我，將我拉到一個桌子前方，桌子上有著一個三層蛋糕，插滿二十根蠟燭，每一根蠟燭都點了火，她要我許二十個願望，藏起五個，剩下十五個告訴大家。

於是我便說了最通俗、多數人都會喜歡的生日願望版本，儘管我根本不是真的在乎這些事情：有份穩定的工作／常常聯絡朋友／每天都要運動／都要開心／不要生太大的病／也不要生太長的小病／最好是不要生病／每個月買一件好看的新衣服／保護他人／對他人更溫柔／定期清理房間／買下港口讓海洋荒蕪／每個人都可以結婚／不要害怕挑戰／世界和平。

我將大蛋糕每一層都平均分配好，當我切下時，純白的蛋糕裡頭是巧克力餡料，我笑著替每一個前來的人將蛋糕裝到盤子上，一一感謝他們願意前來替我慶生。我盡量讓自己看起來是很真誠的，儘管我實在是不太明白生日是有什麼好慶祝的，他們其實只是想來吃蛋糕的吧？

我在終於與所有人交流完畢之後走到廚房，阿藍正在廚房製作食物，他穿著圍裙，但全身都沾滿麵粉，他幾乎將整袋麵粉都製作成水餃餅皮了——他一邊用著擀麵棍將小小麵團一個一個弄成圓形餅皮，回過頭看向我，露出那個我熟悉的欠扁笑容，向我說了聲生日快樂。

我聳聳肩，沒有回應，只是走到他身旁，盯著他瞧，確認他狀況如何——顯然在母親和我通電話時她就已經返家了，母親明明可以在電話中告訴我她已經在照顧阿藍，而不用讓我在電話那頭苦思要如何說出那句「我不知道怎麼幫他」這種可笑至極的臺詞，而且事實上母親並沒有回應我什麼非常有效的答案，那串對話我甚至不想讓你知道，因為真的太沒有用了。

母親回來後，阿藍的狀況顯然好了很多，他看上去還是有些疲累，但比起前些日子我不論如何努力他都不太活動的狀況而言，實在是好太多了。我坐在一旁，滑了滑手機（母親以為房子沒有網路就能阻止我，但阿藍手機是有吃到飽的），忘得讚上頭阿藍更新了一張自己包水餃的照片，他臉頰上還有著麵粉。

他已經在我滑手機的時候包了好幾顆水餃了，他的速度很快，迅速地將一整盤鐵盤和一小盤塑膠盤都裝滿水餃，並且放到冷凍庫，接著便邀請我一同包水餃。他替我穿上圍裙，用他那都是麵粉的手抹了抹我的臉頰，替我拍了張照，硬是要求我上傳到自己的頁面。

我緩慢地包著水餃，我必須承認包水餃對我而言一直都是很神祕的工夫，每一次當我要將餡料包起來時，我包起的水餃都太小，看起來就像是飢餓過頭的難民餃，但阿藍那傢伙每顆都很飽滿，又沒有爆開——像我試圖模仿他，挖取多一些餡料包餃的情況——他馬的這根本一點道理都沒有。

我抬起頭看向正在偷笑的阿藍，他在我的視線落到他身上後，開始放棄偽裝自己是個有禮貌的人，直接大笑起來，還用他沾滿麵粉的手戳了戳我的鼻子。我用麵粉回擊，最後我們兩個人搞到臉上都像是剛跌進麵粉桶裡一樣。

在我們差點把好不容易包完的水餃弄翻之後，阿藍和我將裝滿水餃的鐵盤塞進冰箱，而他從裡頭拿出塑膠盤。方才數十分鐘前放進裡頭的水餃已經有些冷硬了，但還是稍微軟軟的。阿藍要我拿出鍋子，他將鍋子取走裝水，放到爐火上燒。

這時候的派對大家都在聊天，原本我多半都會待在派對主場至少半小時以上，確保每個人都有注意到我的存在，之後才躲回房間或其他地方避免他們不斷詢問我一點意義也沒有的問題，而我還必須假裝超在乎地深思熟慮回應——但阿藍在煮水餃，我顯然不能丟他一個人在廚房，畢竟他也算是其中一個生日派對客人。

阿藍將煮好的水餃裝盤、淋上醬油，忽然提議我們去屋頂吃，避開這些人群。我點點頭，被他拉著躲過人群的視線，爬上二樓三樓，搭了個木梯，從天窗那兒爬到屋頂上。母親事實上偶爾也會到屋頂來，她喜歡坐在屋頂上看星星。當初設計時，屋頂上有些角度就沒有傾斜到會讓人完全無法坐立。

我和阿藍小心翼翼地坐到屋頂上，一開始還差點讓盤子滑下屋頂，我們笑著吃起水餃，起先吃了一兩顆的我還沒有發現異狀，直到第三顆咬下時，我看著他，阿藍那傢伙連一顆都沒有吃，一副快要爆笑的模樣。而在我將那水餃吐出來時，他笑到我懷疑樓下的人都聽到了。

「你、你什麼、什麼時候？」

我舔著嘴巴裡頭滿滿的巧克力味道，看著那被我咬開，巧克力混了高麗菜絞肉胡椒醬油香油的內餡，巧克力因為熱而融化的液體在那肉餡的中央流出，那畫面愈看愈讓我想把阿藍從屋頂推下去——但講真的阿藍這樣做，我也不是真的意外，只是那口感實在微妙到你一時之間會以為自己不小心在嘴裡謀殺了什麼東西一樣。

「你一直看手機，我有點無聊。」阿藍笑著說道。

我推了他肩膀一下，露出「不可置信他如此惡劣」的笑容，阿藍指著我的牙齒，伸出手指，抹了一下我的門牙，移開手指後我看見有些黑色的巧克力液體在他指尖。他將手指含入口中。

我很想告訴你，事情是如此發展，但並不是這樣的。

有些事情是精確的，主要是母親這通電話給我的回應，確實我不認為你有需要知道，因為那真的是他馬的沒有任何幫助。當我在洞窟內打給我母親，告訴她我不知道該怎麼幫助阿藍的時候，後續是這樣的，我相信你也可以明白她有多沒有幫助。

「他、他告訴我他、他以前發、發生的事情了。」我深吸了一口氣，繼續說道：「我不知、知道怎、怎麼幫他。」

母親回了我一句根本沒有意義的話。

「你不能。」

電話那頭的母親回道，我非常確定她當時已經從初戀情人的婚禮回到家了，因為我從電話一開始便能聽到其他人在喊著快點裝飾屋子他快回來了之類的聲音，很顯然他們在籌備我的驚喜生日派對，即使我當然假裝對那吵鬧的背景聲音一無所知。我在洞窟內抬起頭看著上頭充滿各式各樣奇怪的老舊符號，注意到似乎有些新的圖案在上頭，而且不像是用刻出來的，比較像是畫上去的。

「什、什麼？」我將注意力放回對話中，吞下口水。

「你沒有辦法拯救別人的成癮問題，那不是一個階段，那是每一天的事情，就像你每天都要刷牙但還是定期要去檢查牙齒洗牙一樣。不是因為要消費健保，是因為你不可能期待一次洗牙可以洗乾淨你整年不洗的牙齒。」

當然，母親會這樣回應，就像是所有我被迫詢問她的問題一樣——難道她真的以為我不知道這些道理嗎？

「當然你知道這些，對吧？」母親說道。

該死——就是這樣我才不喜歡問她問題，她總是讓我懷疑她知道你的存在，她不會知道的對吧？告訴我她不知道你一直都在這裡，告訴我她不知道我總是在和你說話。

「這、這一點道、道理都沒有。」我深吸了一口氣，繼續說道：「妳比、比我聰、聰明，妳應、應該要知道怎、怎麼做。」

「不是，你比我聰明，可能太聰明了。」母親說道，「你不覺得自己需要別人，你很堅強，你能夠靠自己解決太多困難的問題，所以你才無法相信你會遇到自己無法解決的問題。但我們沒有辦法解決這個問題。」

「這、這不是我要問的。」我用力吸了吸鼻子：「妳、妳應該能、能幫他，妳幫、幫過那、那麼多人，妳救、救了那麼多人。那就、就是妳每、每天在做、做的事情，妳不不不、不能現、現在告、告訴我沒、沒有辦法。那妳、妳平、平常都到底在幹、幹麼？」

「有些傷口永遠不會好，有些時候你沒有辦法拯救任何人。」

母親停頓了一下，她沒有說話，電話聲那頭安靜到莫名其妙，馬的為什麼那群剛剛還那麼吵鬧的人都沒有聲音了，難道他們不會製造一點聲音嗎，他馬的。他馬的，到底現在是要我怎樣？她到底能不能一口氣說完，直接把答案給我，馬的。我忍住想要咒罵她的慾望，提醒自己她或許是唯一的解答了，儘管她就是那種英雄故事裡面會出現的預言師或者魔法師，總是打高空說謎語，就是打死不願意把話說清楚。

母親終於繼續說話了。

「你可能會以為，有人愛你，許多人關心你，你就應該幸福，你不可能真的太難過，你不會需要任何其他東西來幫助你走出房門。但一個人會對一個東西成癮，並不只是因為他缺乏他人的愛，或者身邊提供的關懷太少，也不是他沒有朋友，不是你所能想到的任何單一原因。他可能是個看起來什麼也不缺的人，但他關起門來時必須靠注射、吸食那些東西，才能再次走出那道門。我希望你能將成癮視作一種，有些人必須一輩子奮鬥的疾病，而不是某個階段。那不是一個你過了這個階段就會好轉的事情。那就像是憂鬱一樣，那是個症狀，它會來，它會走，但它還是會回來。」她停頓一下，「而且它很容易回來。」

「而且它很容易回來。」我深吸了一口氣，模仿母親的語調和聲音，母親笑出了聲。我嘆了氣，用力眨了眨眼睛，問道：「如、如果真的是這、這樣，那何必？」

「你知道為什麼。」母親說道。

我幾乎能夠感覺到她在撫摸我的頭髮，一副關愛的表情，這才是為什麼我不願意直接詢問她。她會讓我覺得不像自己，就像是阿藍那該死的傢伙讓我現在完全不像自己一樣，明明先前房客來來去去我也從來沒被搞成這副悽慘德行——隔著電話至少她沒辦法摸我頭髮，一副我是她小孩的模樣。

呃我是她小孩沒錯但你懂我意思。

「我第一次喜歡的男生是男同志，雖然承認事實很痛苦，但之後我知道，愛是沒有辦法拯救什麼東西的，他不可能因為我愛他就變成異性戀，他甚至不可能因為愛我而變成異性戀。」母親說道，我能聽到她打開房門坐到床上的聲音，「知道自己不能拯救任何人，是很痛苦的，尤其是你在乎的人。但你知道要怎麼做，你只是很害怕而已。」

我深呼吸了好幾次，幾乎不能回應她，我將手機舉得很遠，以免她發現我的狀況。我稍微穩定了些後，才將手機放回耳旁。我和母親最後閒聊了一些沒有什麼意義的對話，最後掛掉電話後，我待在洞窟內，看著洞窟上早就存在的符號，我至今仍然不知道究竟是誰先在這裡畫上那些東西的。我看著方才我注意到的，那像是畫上去的圖案，搬了塊石頭站到上頭端詳，發現那是粉筆畫出來的，是兩個人手牽著手，戴著野獸骷髏頭的小漫畫。

我深呼吸了幾回，跳下石頭，坐到石頭上，低頭將雙手撐著後腦杓——說真的，如果母親更直接一點，更乾脆一點，我們的對話可以結束在「嘿，我不知道怎麼幫他」，「你不能。」這裡，然後就拜拜謝謝再聯絡，我完全不需要她後來那些過分煽情的臺詞，那對我一點幫助都沒有。這就像是你去算命，算命老師對你比了兩根手指，你就在那邊猜到底是第二名還是倒數第二名還要考兩次。每個回應，算命老師都只是點點頭露出高深莫測的表情。他馬的，我真想把那些算命老師頭蓋骨打爛。

後來的事情其實是這樣的。

阿藍沒有真的好轉，副作用還是讓他不斷嘔吐，母親在電話中最後告訴了我阿藍稍早一些的狀況，她並沒有辦法提供他實際的幫助，除了讓他在家裡稍微舒適一些之外。這些都是我早就知道，根本也不該期望母親回來就會煙消雲散的麻煩事，講真的我搞不懂我為什麼會誤以為母親回來就能夠解決一切。

我早就知道一切了，像是沒人搞得清楚究竟成癮問題應該怎樣治療，正確的療法至今仍然沒有人能夠確認，忘得窩寄來的員工介紹手冊，說明他們的療養院其中有百分之七十的客戶痊癒，但那數據根本不是真的（如果真的相信那數據的員工顯然智商也是低到嚇人）。我們都早就知道了，對於成癮問題，其實我們根本一無所知，每個醫療單位都只是假裝自己好像知道答案，橫衝蠻撞罷了。

我為什麼會以為母親能夠解決一切？馬的，還是你也以為她能夠解決這些問題？請告訴我你不是這樣想的。

我騎車回到家門前——你不能說我對你說謊，因為我確實告訴你了一些實情，除了母親那一點用處也沒有的對話之外，還有驚喜生日派對。

當我提著大提袋回到家裡，打開家門時，一堆人同聲大喊「生日快樂」，桌上確實也有三層大蛋糕，許多過往來過這裡的房客也都出現，母親、父親，以及父親的伴侶都在，他們總是喜歡邀請一堆我根本不在乎的人來參與我根本不在乎的生日派對。

母親走向前揉了揉我的頭髮（我告訴過你她最愛做這動作了吧），告訴我阿藍人在屋頂上——我看著過去每一次我都帶著笑容打招呼關懷他們人生的傢伙，此刻我覺得那些東西都不重要。我向靠近我的人比了噤聲的手勢，背著大提袋跑上樓去，一直跑到最高層的閣樓，走上木梯，頂樓天窗已經被打開了，我便直接穿過窗子，爬到屋頂上。

阿藍正坐在屋頂上，屋頂確實是母親常常一個人會爬上來的地方，也確實是特別設計成讓人待在這兒不至於馬上滾下去摔死的坡度。阿藍注意到我爬了上來，伸出手拉著我，讓我比較順利抵達他身旁。

「嘿。」我說道。

阿藍點了點頭，看著天空沒有回我。

我將大提袋打開，拿出裡頭從學院別墅帶回來的獸型頭骨，替阿藍戴上。起先他有些抗拒但並沒有真正阻止我，我隨後也戴上那個頭骨。

「別、別墅裡面那、那個鏡子，我知、知道它是魔術道、道具了。」

「嗯？」

「我、我回去的、的時候，它能照、照出我來、來了，我猜是因、因為光、光線吧。」

「嗯。」

「我原、原本想包水、水餃上、上來。」我告訴阿藍，「在、在裡面藏巧克、克力，然、然後你整個嘴、嘴就會像、像是喝墨、墨水一樣。」

阿藍輕笑出聲，點了點頭。他看向我，他的眼神看起來好疲累，但他帶著一點點笑容，我相信那是好事。他說道：「生日快樂，你許願了嗎？」

「沒有。」我聳聳肩，說道：「反、反正我每、每年都許、許一樣的願望。」

我告訴他我總是說出那十五個願望，阿藍笑了起來，問道：「那另外五個呢？」

我回道：「那、那是不、不能說的。」

「連我也不能說？」

「連你、你也不能說。」我點頭。

「我還以為聽了我的事情你就不敢靠近我了。」阿藍說完後別過臉沒有看向我，他抬起頭看向天空。

「為、為什麼？」

「因為你是好人，而我做了很糟糕的事情。」阿藍回道。

我搖了搖頭：「我早、早就知道那、那些事情，雖、雖然有些我沒有記很、很清楚，我沒很仔、仔細看，像是那隻該、該死的貓，我完、完全沒有想、想到根本就是你養、養過的。」

「啊？」阿藍轉過頭看著我，提高了音量，眼神充滿困惑。

「我偷、偷看我媽、媽的資料。」我說道：「在我知、知道你、你要來的時、時候。」

阿藍笑了起來，說道：「只偷看過我的？」

我點了點頭，阿藍繼續笑了起來，重複說了一次「只偷看過我的」。

「你知道，你其實不需要做那些事情的。」沉默了一會兒，阿藍說道。

「安排迷思獸農場、看紀錄片、弄魚缸、打電動、慢跑、拼圖或其他有的沒的，這骨頭啊我猜提袋裡面還有床單吧，或特地帶我去餵動物，明明那張說明紙條就是你自己寫的。」阿藍笑了起來，我在骨頭的遮蔽下看不到他的表情，「全部，你都不需要做，我不希望你以為你必須做什麼來幫我，因為這不、不是什麼階、階段，我不希望你覺得自己像是被綁住一樣。」

我看著他的側臉（嚴格說起來是側面獸骨），伸手摸了摸他的獸型頭骨，說道：

「我知道。」

「你也不用爬到屋頂上來，這很危險。」

「我、我知道。」

我脫下頭上的獸型頭骨，將它擺到一旁屋頂更平面的地方，以免它滑落砸到地上碎開。阿藍也將頭骨拿下來，他的臉現在看起來很好笑，一點兒也沒有他剛來這裡的意氣風發神采飛揚，他雙眼在現在這個時刻看起來有些模糊，可能是因為折射光線的障礙物比較多的緣故。

我告訴他：「我、我只是想在這、這裡而已。」

他聳了聳肩，低下頭像是在笑但我知道那不是。我拍了拍他的肩膀，跟他說：「我可、可以告、告訴你一個願、願望。」

「五分之一？」阿藍抬起頭，用右手抹了抹臉，笑著點起頭來，「這比例聽起來還不錯。」

「我媽他們回來了，我可以開他們的車。」我吞下口水，看著阿藍，「我大學的宿、宿舍還沒整理，我、我希望你可以和、和我過去，幫我搬家。」

我說完看向天空，嘆了氣，我們沉默了一會兒，阿藍又像是在笑一樣低下頭，但我知道那不是笑。我後頭其中一顆頭骨不知道怎麼滑下屋簷，掉到地上碎了開來，我驚呼了一聲，母親馬上走出屋子到庭院，抬起頭看向屋頂，接著揮手告訴大家沒事只是屋頂有東西掉下來而已，拿著掃把在庭院將骨頭碎片掃整起來。過程中有幾個人走出來試圖幫忙，但母親只是告訴他們自己處理就好。

我一手撐住屋簷要站起來，打算下去幫母親收拾我造成的殘局，但阿藍忽然側過身用力抱住我，完全不打算理會剛剛才墜下屋頂的獸型頭骨。我被阿藍抱著，看向下方，母親掃整完碎片，抬起頭來站在庭院下看著我。我馬上撇開視線，我現在不能直視她——即使距離這麼遠，我還是覺得她會把我看得太清楚。

我伸手回抱阿藍。

IV

17

我知道你現在不想相信我了。

我承認，或許我因為不習慣房客前來，在一開始——你不要這樣看我，好啦，大多數的時候，稍微引導你對於阿藍的過去朝向更黑暗的方向理解，但我發誓我不會再欺騙你了。不過講真的，你也不能說我說謊，畢竟我只是稍微修改了他那封寫給母親的自我介紹信內容，嚴格說起來那是過去的我，對過去的他進行的過去的詮釋。

原諒我好嗎？我發誓從現在開始我會完全誠實。

從家裡開車到大學宿舍的時間大約是三小時，過幾天就是我在忘得窩工作的報到時間了，我必須先回去整理行李退租才行。我這樣告訴阿藍，以及我對自己接受了忘得窩工作的疑慮，他笑著說我應該是要去那裡拯救全人類的，他相信我能夠做出很好的成績，改變忘得窩之類的——有幾秒鐘的時間，我懷疑他早就和母親聊過了，因為他說的話根本就像是母親會說的。不過儘管阿藍這麼鼓勵我，他仍舊流露出複雜的神情，我不想深究那是什麼，因為只要我多思考幾秒這件事情，甚至多思考幾秒為什麼我當初要接受忘得窩的工作邀請，都會讓我眼睛熱熱的。

我和母親借車的時候她也給了我一個奇怪的表情（我不想深思那究竟是什麼意思），父親擁抱了我，我和他的伴侶進行一個很怪異的握手儀式（總是如此）。阿藍在和母親擁抱結束後，抱著五片母親拆開的紙箱，將那些紙板放到後車廂，那是母親替我準備的，讓我返回宿舍時能夠自行重新弄出紙箱來裝我的行李。

一抵達宿舍，我抱著車上的紙板爬上五樓，阿藍拿走我的鑰匙打開了我的小公寓套房大門。他站在門口，我先將紙板拿到書桌旁，把陽臺的落地窗打開，這空間幾乎密閉了一個多月，實在不是太好聞。

大概八坪大小（我事實上不確定），扣掉浴室，一張雙人床（含櫃）和書桌（含櫃）就幾乎霸占了地板空間，雙人床正對面是一臺我買來的二手電視，架在白牆上，電視連接了一條線路到二手筆記型電腦上頭。阿藍站在門口，看到我的筆記型電腦和電視，露出驚訝但又不是真的太驚訝的表情，說我在鬼月不能使用科技產品一定很悶，還露出一個欠揍的笑容——但講真的，母親禁止我使用科技產物行之有年，要不是因為阿藍的手機能夠分享無線網路，我基本上鬼月連手機也不太會使用。沒有網路的手機就像是沒有調味的菜。

阿藍那傢伙脫掉鞋子走進房內後，大大吸了一口氣，整個人直接趴到床上，臉埋在棉被中。

他用力聞了聞棉被的味道，一副很好聞的樣子繼續將頭埋在上頭，我坐到他身旁將手放到他後腦杓，原本只是想拍一拍他，但他卻忽然伸手抓著我，用我的手替他揉了揉頭髮。我笑著推開他，沒多久又重新把手放到他頭上揉一揉他的頭髮。

沒有讓阿藍躺在床上享受太久，畢竟這床單已經一個多月沒有換了，我讓他從角落將床單拉起，連同棉被一起抱到樓下的自助洗衣間。阿藍那傢伙雙手抱著床單和棉被，還提著一小罐洗衣精，我覺得自己站在他身旁都會被路人質疑我為何如此心狠手辣地讓他一個人這樣辛勞，但我想你應該要知道，這都是阿藍的堅持。

阿藍堅持這一趟旅程中，所有的主要任務都要他來執行，像是洗衣服、買食物、借東西、和路人主動說話等等，他的藉口是我已經享受了好幾年大學生活，這是他假裝自己是大學生的機會，說話的過程還假裝哭泣，試圖表現出悲傷的模樣。

我讓阿藍自己投幣，自己倒入洗衣精，阿藍就這樣不管地板有多髒，直接坐在自助洗衣機前，看著滾筒洗衣機內的衣服轉著轉著——如果不阻止他的話，我想他會就這樣坐著直到一個多小時後衣服洗完，於是我起身告訴他我們應該要先去吃飯。

阿藍起身時忽然低下頭扶住我的腰，我以為他是望得糖的副作用又開始了，連忙握住他的手，但他只是把鼻子湊到我肩膀旁嗅了嗅，站直身體一臉欠揍地看著我，說了句「你的棉被聞起來跟你一樣欸。」露出一個大大的笑容。

我帶阿藍到了上學時我幾乎至少一週會吃兩次的攤販。

我和老闆娘點了一份燙青菜和大碗的雞肉麵，老闆娘如同往常多送了我一顆滷蛋。阿藍那傢伙只是看著滷味，夾了片海帶和豬血糕。老闆娘看他和我勾著手，便也多送了他一顆滷蛋。我向老闆娘道謝，阿藍則是誇張地對老闆娘大鞠躬致意，惹得老闆娘大笑起來。當我們在店內坐下，選了靠近落地窗的位置，就在老闆娘外頭煮食物的正側方。沒多久老闆娘便把食物都送來，並且多送了一份餛飩湯。

阿藍緩慢地用筷子戳著湯中的餛飩，一副猶豫究竟是否該夾起來吃的樣子，我見狀直接伸出筷子夾走他在玩弄的餛飩，放進嘴裡吃掉。他看著我，就像是我搶走他的玩具一樣，我咬下餛飩時裡頭的熱湯燙到我忍不住張開嘴巴深吸空氣來降溫——這傢伙當然是沒有良知地大笑起來，也不管店內明明還有其他人（只有另外兩個人）。

他放下手中的筷子，雙手擺在大腿上，盯著我。我將筷子湯匙放到雞肉麵碗上，將我垂落的頭髮往後撥，以免擋住我的視線。他忽然伸出手將我的麵整碗拿走，用我的筷子夾起麵放到湯匙上吃了起來。他只吃了幾口，顯然他還是沒什麼胃口，望得糖最主要的副作用之一就是食慾降低（但也有食慾暴增的狀況，因此事實上非常難以判斷究竟這是怎麼回事）。

在他緩慢吃著我的麵的同時，我吃了兩片他夾的海帶和一半的餛飩湯，阿藍那傢伙夾了些燙青菜配麵，我則將剩下的燙青菜都夾起來吃掉。最後他將雞肉麵推還給我，我瞪了他一眼，認命地將還有大半的食物吃光，他則是和剩下一半的餛飩湯抗爭。

吃完餛飩湯的他雙手撐在桌上看著我，我不知道他在看什麼，他還拿出手機拍了好幾張照片（我猜測是照片吧），當終於只剩下半顆滷蛋時，我決定稍微休息一下，將手機抽出來看了看，發現忘得讚上頭有被標註的訊息，點開就是他拍了我進食的影片——我發現他增加了幾個追蹤者，像是母親、我父親、父親的伴侶和花花，還有一些顯然是他在其他地方認識的其他人。我將他發的限時動態轉發到我的帳號上，並且加上了一個貓咪在跑步的動態貼圖。

我沒有回應那些同學對最近頻繁出現在我的忘得讚上的傢伙是誰的詢問，阿藍顯然也從來沒回應過其他人的留言。他說他要先拍張照，便跑到店家外頭，我看到他跑到對街（說是對街但真的只是小小的一條馬路而已），我先低下頭吃掉剩下的滷蛋，最後走到門口付錢給老闆娘。當阿藍小跑步回到我身旁時，他遞給我看他剛剛拍攝的照片。店家在照片的左側邊緣，老闆娘正在低頭煮麵，而我正低著頭只有側臉入鏡，因為構圖的緣故，人物很小很小幾乎看不清楚表情。

不知道為什麼看起來好像有些寂寞的樣子。

結束晚餐後我們回到自助洗衣店，阿藍將已經洗好脫水完畢的棉被床單拿出，塞到旁邊的烘衣機裡頭，投了幾十塊。而在這三、四十分鐘的烘衣時間，我介紹附近的餐廳和一些小店給阿藍，並且告訴他原先有間販售小餐點的書店，但因為營收始終沒有起色而在去年歇業了。我告訴他我以前沒事可做的時候會去那間店，隨便買本書待整個下午將書看完，他一副驚訝的表情。

他告訴我他不是驚訝，只是歡喜我真的愛看書這個事實，儘管我總是裝模作樣好像看書是什麼酷刑一樣。我瞪了他一眼，實在很想揍他，但我只是撇開視線，不打算繼續和阿藍抗議他的錯誤認知。

欸，你不要覺得我之前說我覺得書籍早該被淘汰現在哪有人在看書是騙你的，那是因為在鬼月我沒辦法使用什麼科技產品只好看書的後遺症。這就像是要你每天都吃薯條一樣，那是偶爾品嘗才能享受的東西，每天都在看書最後只會想要尖叫而已。

我帶阿藍到那間原本是書店，現在已經改建成忘得窩飲料店的位置，外頭的樹幹上有一些記號，顯然有許多人在樹上刻下永遠在一起的圖案還寫了名字。阿藍從上頭不知道撕下什麼海報，還撕了兩張收到口袋中。飲料店外頭排滿人潮，看來今天似乎是買一送一的日子。我和阿藍看著那群人喝著顏色怪異（七種顏色混搭起來）的飲料，嘴唇都是那種混搭的顏色，忍不住笑了出來。

當阿藍抱著烘乾好的棉被床單爬上樓梯，好不容易回到我的宿舍，他連忙將床單裝好、鋪好棉被，整個人倒到上頭深深嘆了口氣，沒多久他翻過身躺著看我，伸出手指示意我靠近他，我才走近床沿，他就起身將我拉到床上。他抗議床單洗過之後和我身上的氣味都不同了，我翻了白眼用拳頭打了他的肩膀，他大笑起來。

我半躺地坐到床上，背靠著枕頭，打開電視，阿藍那傢伙緩慢地移動到我旁邊像是在床上蠕動的蟲子，他用薄棉被蓋住我們的身體，幾乎算是躺在我身旁只露出自己的頭。

我點了忘得讚影片平臺的訂閱通知，開始看起鬼月以來我都沒辦法看的訂閱內容。首先第一個影片是頻道主正在吃一整桌的炸雞，他一邊吃著一邊講一些自己這週發生的事情，像是他的男友劈腿，劈腿到他的前男友，他一邊吃著炸雞一邊大哭，說自己此刻正面臨生存危機，不知道自己究竟為什麼要存在。影片的最後他開始列舉十項他應該存在的理由：他很好看、他很善良、他還有大家、他還想創作、他要上大學、他要去酒吧（因為他現在還未成年）、他還沒真正找到粉紅怪物、他還沒演過電影、他很喜歡吃炸雞、他想要讓父母驕傲。

我跳過一兩個影片，另一個頻道主的更新內容是他在介紹書籍，他用了五分鐘很簡略地和所有人講述了故事的發展，然後就結束了。下一個影片則是花了二十分鐘詳細介紹故事的內容，阿藍似乎注意到我有點擊這頻道主其他影片的愛心，瞇起雙眼，但沒有說些什麼，只是露出一個意味深長的笑容（他一定是模仿我母親的）。

「你平常都這樣嗎？」他的聲音軟綿綿的像是綿羊在草地上飄。

「啊？」我看著頻道主介紹書籍，回道。

「走路去學校上課，吃一樣的飯，走回家，躺在床上看電視。」阿藍看著我，說道：「你在家裡的時候很緊繃欸，你現在就超放鬆的。」

「你、你說得好像我都沒、沒在做事。」我瞇起眼睛看他，「而且我是用電、電視看、看電腦。」

「好吧，走路去學校上課吃一樣的飯走回家做事，躺在床上用電視看電腦。」

我真的希望你不要因此認為我是個無所事事的無聊人類，但既然我說過要對你更誠實了，那我必須告訴你，阿藍說的大致上就是我在學期間會做的事情——除了許多逼不得已的校園聚會之外，大多數我都是一個人的。

「你覺、覺得我很無、無聊？」我低下頭看著躺在我旁邊的阿藍，問道。

阿藍抬起頭看向我，點了點頭，露齒而笑。

「這樣很好。」阿藍說道。

「遮氧痕毫。」我模仿他的語調，故意將話說得很模糊。

阿藍笑了起來，我跳換了幾個節目，有時候我是真的想知道他們說話的內容，有時候我只是習慣這樣有個什麼聲音在背景播放而已。仔細想想，或者我只是想要找到一個合理的方式消耗我不知道該做些什麼比較好的時間，就像是有些人選擇做愛，有些人選擇和朋友出遊，有些人選擇宗教，有些人，像是阿藍，選擇望得糖——該死，我現在都能看見母親那意味深長的笑容了。

請不要提醒我母親早告訴我這些了，這會讓我覺得自己很笨。

我在按到一部網路喜劇時停下，那部喜劇是一對室友日常發生的故事，一季只有十集，每集約莫二十分鐘，目前只有三季，我重複看了數次，幾乎都記得內容了。這一集的節目內容是其中一個主角前去男友家約會，另一個男主角在看電視吃消夜，一邊對著鏡頭抱怨自己的室友多見色忘友。就在他抱怨到那名室友現在一定正和男友上床到一直呼喊神仙的同時，他的室友捧著一桶炸雞回到家中，他嚇得打翻洋芋片，白開水灑到自己褲襠，他連忙將電視關掉。他室友露出狐疑的表情，指著電視和他溼透的褲襠，詢問他是否剛剛在看色情片打手槍。觀眾的笑聲在此時傳來。

「你帶別人來過這裡嗎？」躺在床上的阿藍問道。

「連我、我媽都沒有來過這裡。這、這裡是我一、一個人的。」

「就像那個洞窟？」阿藍蹭了蹭棉被，「你真的很喜歡一個人。」

我注意到阿藍只露出雙眼，棉被都蓋到鼻梁上頭了。我放下遙控器，整個人也埋入棉被裡頭，只露出眼睛。

我看著他，告訴他：「不、不像以、以前那、那麼喜歡了。」

18

阿藍顯然真的打算買一隻鬼。

是這樣的，今天的行程主要只有下午的讀書會。昨天阿藍在路邊撕了的兩張海報，是個地下讀書會邀請函，你必須出示邀請函才能進入讀書會會場，搞得像是什麼祕密集會一樣，顯然是想挑戰路人看海報總是不認真看的特性，儘管我不知道這是有什麼好挑戰的。

早上我拉著阿藍去操場跑步跑了一個多小時，因為望得糖的副作用稍微降低許多，他沒有睡那麼久，也沒有那麼疲勞了。不過顯然因為不常慢跑的緣故，他沒多久便累倒在草皮上大口喘氣，大喊我是虐待狂，儘管我只不過是要求他一直跑一直跑不要停而已。我們回宿舍換洗衣服之後，由於還有些空餘的時間，便決定先出發到學校閒晃。

因為假期的緣故，學校辦了市集活動，主要攤販是小出版社和個人作者前來擺攤，販售書籍刊物為主，往常都有幾個攤位會販售其他藝術品，像是繪畫人像或者明信片等等，而今年有一個攤販很隨興地在攤位上立了個牌子，寫上「賣鬼」兩字。阿藍遠遠地就看到那個攤位，馬上拔腿跑向那個位置（明明不久前他才說著跑步是人類最殘酷的發明）。

等到我走到攤位前時，阿藍手裡拿起好幾個黑色小袋子，小袋子都被紅繩綁起，他拉著那整串袋子就像在拉粽子一樣，他將這些拿到我面前晃動，發出呼呼呼的聲音，完全沒有製造出驚悚感反而讓我覺得他現在像個卡通人物。

我看到攤位主人時忍不住皺起眉頭，他穿著黑色西裝，我非常確定我在哪裡看過這個人，不過此刻卻想不太起來。阿藍說著他打算買兩隻鬼，但西裝少年（雖然我說少年，但我不知道他實際年齡）卻搖了搖頭，告訴他他只能購買一隻。我詢問西裝少年如果我也買一隻呢，他還是搖了搖頭，說我們兩個人只能買一隻——這到底是什麼做生意的概念？

阿藍愉悅地輕哼，付錢拿走一個黑色小袋子，西裝少年開始告訴他注意事項，都是一些怪力亂神明顯是騙人的說詞，像是繩子一打開，鬼就會跑走、只能使用一次，請謹慎使用，建議是在需要祝福他人，讓他人接下來的日子更加幸運，才能打開袋子。打開時只要想著對方，對方就會被祝福了——總之就是這些一點兒也沒有道理和證據的說詞。

仔細聆聽完西裝少年的解說後，阿藍將袋子放到自己的藍色後背包中，他現在使用的後背包是我過去上課時使用的，他很理所當然地在昨天踏入我宿舍，看見那個包包第一眼後，就說他要那個背包——說實在的那包包用了幾年，雖然沒有破損壞掉，但我真的不覺得那有什麼值得宣稱占有的。

我問阿藍究竟為什麼要買這個顯然是騙局的東西（儘管我認為我這樣的質疑聽起來很愚蠢，馬的，他是阿藍，他當然會買這個東西，我是為什麼要表現得好像剛認識他一樣），他說我再過幾天就要去忘得窩公司報到了，得多儲存一點運氣，在那種超級企業工作是很容易迷失的——他說話的時候，還故意露出指責的表情。

我輕輕用手肘撞了阿藍，他笑著轉身逃往前方，我原本要跟上去，但我發現西裝少年正盯著我們瞧。一開始我以為他的視線帶有額外的暗示，就像是之前在書店時那個新生代男同志作者看我的視線一樣，但後來才發現他不是看我，而是在看著阿藍的背影，那個微微側過頭的角度讓我忽然想起了究竟我是在哪裡見過這個傢伙的。

阿藍背對我，已經向前走了好幾步，正在四處觀望攤販決定下一個去向，我快步走向前抓住他的手臂，低聲詢問他是否記得那個攤位主人。阿藍聳了聳肩，一副根本不知道他是誰的模樣——該死，我不該問他的。我他馬的幹麼問他。那天是鯨魚屍體沖回岸上的日子，這樣搞不好會誘發阿藍望得糖的副作用發生，雖然我也不知道副作用到底和情緒有沒有關聯。

阿藍盯著我，顯然是注意到我的猶豫，笑了起來：「不用擔心，你可以跟我說。」我吞下口水，告訴他：「那、那次淨、淨灘，有個宗、宗教團體在酬、酬神，他那天阻、阻止了儀、儀式。」

阿藍睜大雙眼一副驚訝的表情，說是驚訝，但那表情似乎多了更多情緒，我覺得那比較像是憤怒。不是我故意想要假裝我不懂他的表情，就像我曾經告訴過你的，我確實不太理解他人的面部表情，即使我從小練習分辨每個人的表情與對應情緒，算是相當熟練了，但阿藍總是，嗯，不太一樣。

就在我還弄不太清楚究竟阿藍是為什麼露出這樣的表情時，阿藍回過頭快步走向那攤位主的位置，我連忙跟在旁邊想攔住他，但他幾乎是用跑的。馬的，我就是害怕這種事情，我根本不應該告訴他這個發現——就在我擔憂阿藍會因為西裝少年阻止了宗教團體的酬神儀式和鯨魚屍體沖回岸上這樣離奇的巧合點，而怪罪西裝少年的行為之際，阿藍那傢伙已經拉住西裝少年的衣領，將他從座位上直接拉了起來。

阿藍用力抱住了西裝少年。

西裝少年因為阿藍突然的動作顯然也有些困惑，整個人愣在那兒。阿藍扶著他的肩膀說很感謝他那時救了其中一名男性信徒，西裝少年露出一個有點困擾的表情，我原先以為是因為阿藍太過親近他的緣故，結果發現是因為西裝少年的朋友（應該是朋友吧）剛好走回攤位，就站在阿藍後頭。

阿藍被西裝少年的朋友拉開，還來不及繼續道謝，西裝少年的朋友就大喊著說「你不是說你只是去買飲料嗎你又跑去干預別人了」、「你不是說你沒有要干預別人嗎」、「你還說如果你說謊你母親就會死掉」，「你這麼閒為什麼不多賺點錢我們竟然還要來這裡擺攤賺房租」、「你沒時間繳水電瓦斯帳單但有時間當英雄」以及其他各式各樣指責西裝少年當初行為的語句。西裝少年只是雙手插在口袋中聽著他朋友的責罵，過程不斷想要發言但都被對方快速的語句打斷。

我拉著阿藍離開，阿藍那傢伙在臨走前從自己後背包中拿出了剛剛才買的那黑色小袋子，拉開紅線朝著那兩人的方向揮了揮。

到底什麼樣的人才會把祝福浪費在陌生人身上啊？

讀書會在一間小飯館內舉行，門口已經貼著「讀書會舉辦中」的包場告示，阿藍囂張地揮著手中兩張海報，對我笑著。門口的人接過邀請函後，便打開門讓我們進入——室內的擺設非常黑暗，你幾乎應該也快看不見我了吧，什麼燈都沒有開，只在中央點了幾根蠟燭，椅子圍成圓圈，有十五個座位。

讀書會這次的主題，如那張海報上所寫的，是「不乾淨的情感：同志文學做為抵抗」，我和阿藍昨天躺在床上看著那張海報忍不住笑了十分鐘左右，笑得比我床前牆上螢幕播映的喜劇觀眾笑聲還要狂熱。我用手肘輕輕推了阿藍一下，很想阻止他坐到位置上——事實上，我非常用力阻止他參與這個讀書會，但他顯然有其他惡毒的想法，你看看他現在看著我的欠扁笑容。

沒多久，所有人便坐定位，看來那海報真的也只發了十幾份，因為入場的人員也就只有十幾個。顯然是主辦的一位短髮男生很快便開始介紹這次的讀書會，說明這次的讀書會除了海報上的幾本書之外，還歡迎大家隨興舉例，隨後便開始發表自己對於海報書單上所有書籍的整體看法，指出這些同志文學作品，無論是小說或者散文或者詩，都顯示了同志（尤其是男同志）做為抗爭主體，所需要擔負的責任。

他說的話實在太無聊且雜亂了，讓我稍微整理一下讓你知道：無論出櫃後被家人趕出去流落街頭而成為男妓最後慘死的故事，或只能在城市公園這樣狹窄溼黑角落展現自我性慾的角色，或散文中對出櫃時影響家人及工作的自責，或現代詩中大量同性情慾藉由雙關詞彙展演，都顯示出較為年長的前輩作者以「做為異性戀客體」的「邊緣同志」來提出自我存在的抗爭。而這現象在近年較為年輕的同志寫作者手中開始有了轉變，如同去年有兩本不同作者所寫的小說，都是書寫多重伴侶關係的內容，書中完全沒有提及出櫃或者其他外界阻礙，只有寫出在伴侶關係中彼此的情感矛盾掙扎糾纏，情慾肉慾流動以自然不避諱的方式呈現，顯示出新生代男同志作者們開始轉向以「同志做為主體」進行新一代的文學抗爭。

我用力戳了一下阿藍，提醒他不要在別人說話時笑出來，但他顯然一點兒也沒有打算忍耐的意思——好吧，他確實忍了幾分鐘，但就在主辦者說出「深入同志生命」的句子時，他笑了出來，惹得屋內十幾個人視線都聚焦在我們這兒。

「有什麼有趣的事情嗎？」主辦者放下手中的資料，問道。

我馬上搖了搖頭，阿藍那傢伙忍住笑低下頭，他看著我一副他也是莫可奈何的表情——我必須承認主辦者在這喊著幾乎像是政治選舉宣言的臺詞時，我是花了很大力氣才仔細聽完他說話的內容而不恍神，當然我也是覺得很好笑，但至少我沒有笑出來。

「有什麼想法都歡迎分享，我們這裡不是一言堂。」短髮男主辦者說道，顯然完全沒打算放過我們的意思。

阿藍那傢伙見狀，清了清喉嚨，抬起頭，搔搔自己的後腦杓，露出一個有禮貌的笑容（這時候他終於有禮貌了）。他問道：「為什麼這兩本小說會是以同志做為主體的文學抗爭？」

主辦者思考了一下後回答：「因為男同志文學過去傾向呈現男同志的出櫃困境，但這兩本小說透過將焦點聚於男同志主體之上，不去探討外界觀感，而是實際書寫男同志生活，深入探討並展現人性。或許會被一般男同志排斥，但我認為這是很大膽的文學挑戰。」

「多人性關係等於展現人性嗎？」阿藍問道，不理會我的阻止，「不就是想愛很多人的同時又想和很多人做愛嗎？」

「這說法不就是性的汙名化嗎？」坐在短髮男主辦者旁邊的另一個短髮女主辦說道。

短髮女主辦的態度有些強勢，我並不責怪她，畢竟是阿藍這該死的傢伙先來找麻煩的。讀書會的氣氛也變得比較沉重，每個人似乎都開始有些情緒——短髮女主辦繼續說道：「許多陽光同志想維持乖寶寶形象，不要骯髒，不要裸露，表演給異性戀看自己也是正常人，以為這樣就會被接納，那就是一種性的汙名和神聖化，把其他邊緣少數都丟到更陰暗的角落不去看。」

阿藍才剛要回應，我就忍不住抗議：「汙、名個鬼。」

「啊？」短髮女主辦微皺起眉頭。

「妳、妳不能把人放、放在一個標、標籤後面然、然後說別人在標、標籤那個人。」我忍下翻白眼的衝動，「這、這兩、兩本小說的問、問題不、不是多、多人性關係。多、多人性關係就能呈、呈現人、人性和同、同志社、社群嗎？和性汙、不汙名根、根本沒、沒關係，他、他剛剛講、講的是個實、實際文本呈、呈現出的結、結果，兩本小說不、不都有提到其中一、一方即使自自自己多角關係但也不、不喜歡對方也多、多角嗎？如、如果一個作、作品要模、模糊單、單一性伴侶和多、多人性伴侶關、關係的話，那那個作品難難難道不能被批判它呈、呈現出的性展現嗎？」

短髮男主辦馬上回應：「你說的不就是這些小說呈現人性，展現藝術的——」

「我、我還沒說完。」我看著短髮男主辦，打斷了他，「如、如果你要說那那那那代表人性那也、也可、可以，但用這、這件事情抵抗了什、什麼？多、多人性關、關係抵抗的是同、同志族群的乖、乖寶寶論述嗎？那實、實際上不、不也是呈現一種性、性而已嗎？原、原先同志文、文學展現同志情慾與異性戀做出區辨，那現在多加幾、幾個人進進進來，它、它就忽然變得不是在表、表演給異性戀看自己是怎、怎麼做愛的嗎？」

「如、如果說只是性、性關係的呈、呈現就能、能夠反抗什、什麼文學，或者說代、代表了同、同志族群的話，那為什麼不、不去看耽美小說？裡頭一、一大堆男同性戀做、做愛，多P，還有生、生子文，那不、不是比什麼多人性關係更、更更更加顛覆嗎？」

「但同志文學和耽美文學不一樣。」隔壁的一個讀書會成員這樣回道。

「這不就、就是問題根、根源嗎？」我回道，馬的到底他們為什麼他們要一直打斷我？我側過頭對著隔壁的人說道：「大、大家總是想、想要用一個盒子裝一、一個作品，發、發現裝不下就把作品砍斷手、手腳塞、塞進去。說同志文學和耽、耽美文學不同，說同志文學呈現性是好的藝術人人人性表現，但性、性不會因、因為放在同、同志文學中就、就比較高、高級，也不會因為放、放在耽美小說中就比、比較完全不夠顛覆。對、對性的獵、獵奇化，才是減損性、性在文學作品中產生效、效果的原因，就、就像是新聞不、不斷貼出屍、屍體畫面，那是、是讓你麻木，不、不會讓你真、真的感受到什、什麼人性複雜多、多變。好、好像你只要多、多人性關係就比、比較複雜一樣，但難道你五人性關係就就就比三人性關係還複雜嗎？難道單一性伴侶就比、比較簡單嗎？難道一、一定要做、做愛，一定要有性關係，才、才能是同志嗎？你、你們不覺得同、同志文學建、建構在性文化上頭，才是對同、同志本身最暴力的歸類嗎？」

「所以你不覺得同志文學和耽美文學不同嗎？」另一個讀書會成員這樣問道。

「我當、當然覺得不同啊。」我回道，深吸了一口氣，覺得身體熱熱的。

「那你剛剛說——」短髮男主辦問道。

我打斷他：「我不認、認同現、現在大眾的分、分類不代表我不、不認為界線存、存在，但我不、不認為我們應、應該看一個作品先、先看到分、分類，甚至是看、看到作者。如、如果說要看作者本本本本人的性向，那難道男同志作、作者就只能寫男、男同志作品嗎？難、難道男同志詩人寫出來的詩就直接是同志詩嗎？我只、只是覺得我們不、不應該那、那麼暴力分類任、任何事情。我甚、甚至根本不、不覺得這樣的分類是必要的。如、如果可以直接說明明就直接說明，這兩、兩本小說就是小說，其中有、有男同志元素和多、多人性伴侶關係，不、不用說這是同志文學，好像那、那那樣講就解釋了這、這本書一樣。尤、尤其是在分類建、建構根、根本就不夠明確的情況下，那根、根本只是偷、偷懶而已。」

大家隨後便開始討論究竟「性」在文本中所代表的意義和存在價值，過程比我想像得還要流暢平和些。阿藍那傢伙大聲和短髮男主辦吵著「性」是否需要存在同志論述中，兩個人幾乎像是快要打起來了一樣。讀書會結束後他們兩人卻緊緊擁抱，我幾乎覺得他們就像是要在大家面前親下去了一樣。

讀書會結束後，我們和讀書會成員互加了忘得讚帳號，原先我還擔心因為自己會因為說出的話像是來砸場的（雖然是阿藍害的）而被討厭，但他們顯然並不害怕對話。結束時我和主辦讀書會的三人成員還稍微繼續聊了一些作品的想法，我告訴他們我認為現代詩中的同志元素不斷透過雙關諧擬的方式呈現，卻依然只是觸及肉體性慾的表演，和許多被歸類為同志散文小說的作品一樣，不斷呈現性，然而性做為主題卻沒有和社會或者故事有實際關聯，就只是不斷做愛。我指出如果性成為唯一同志展現自己的武器，那不就只是被簡化為「性」，而失去其他存在價值嗎？

走出讀書會的阿藍站在我一旁，露出他那沒有禮貌的欠扁笑容看著我，我到現在都還是覺得身體熱熱的，有點說太多話的感覺。我們向讀書會其他成員告別，緩慢地往宿舍的方向走去——嘿，希望你不要生氣，你依然是我最常對話的對象，我並沒有忘記你的存在，你不會以為我忘記你了吧？

阿藍一臉怪異地看著我，用誇張的語調說道：「非常感謝您在關鍵時刻發言拯救小民。」

「你、你故意的。」我抬起頭看向他，用手肘輕輕攻擊了他的腹部，他哀號嗚咽了一聲。

「你記得我跟你說過，第一晚我和你媽抽迷思粹吧？」阿藍笑著說道，比了個抽東西的手勢。

我點了點頭，他繼續說道：「她跟我說你有點，太喜歡表演了，總想把自己藏起來。」

我盯著阿藍瞧，阿藍解釋：「她不是說你沒自信，她是說因為你太善良了，你希望能表演給每個人看他們想看的，讓大家開心。她說你有很多想法，但不喜歡和別人分享，因為你覺得那沒什麼意義。」

我忍住翻白眼的衝動，真的是搞不懂母親和阿藍說這些的用意何在，況且阿藍才第一天來到我們家中，她就這樣和人家掏心掏肺，難道不怕自己的兒了被陌生壞人綁架——好啦，我本來就知道母親是這樣的人，母親是很真誠的人，不像我。

「但真的把話說出來很爽吧？」阿藍深呼吸了一大口氣，左手搭到我肩膀上，「這算是我送給你的大學畢業禮物。」

「明天還有一個驚喜。」他笑了起來，宣稱道，「我們要拍一個影片。」

19

「大家好，歡迎來到我們的頻道。」

「是、是你的——這真、真的太蠢了。」

「掌鏡的是我美好的搭檔，你們可以叫我阿藍，我是個成癮患者，今天我想和各位說說我的成癮歷程。我想簡單地告訴各位五個幻覺，我希望能夠透過我的這些『誤解』，告訴各位，我們是有可能比昨天更好一點的。」

「首先是，我總覺得每個人都比我快樂。」

「小時候我會去買那些大家都在買的東西，像是某間店出的限量巧克力球、冰淇淋、糖果或模型玩具，我會站在櫃檯看著和我差不多年紀的人，吃巧克力，舔冰淇淋，拿著模型玩具飛來飛去，製造那種呼呼呼的音效。通常百貨公司都還會有幾臺電玩機器，擺在玩具賣場外頭，我常常會跑去和大家一起玩，每天放學最期待的就是可以在那裡和陌生人打架。」

「但我從來沒有真正感覺到快樂，其他人都高聲歡呼，或者拿著模型玩具自得其樂，我從來都搞不懂那種快樂。對我來說，快樂一直都是結束在你拿到那支冰淇淋，你握到那模型的當下。我不知道為什麼我身邊的每個人得到玩具之後都會看起來好像非常快樂，拿著玩具在那兒跑來跑去，和別人一起打鬧——當然我也會做那些事情，但那只是因為他們都那樣做，他們都在笑，我以為那樣會讓我開心。但很顯然沒有，那通常最後都讓我更難過。」

「我開始真正嚴重依賴望得糖的日子是我進入大學後，我發現身邊每個人好像都，非常、非常厲害，我進入的是一個創作學院，所以當然你本來就會遇到很多藝術家，但我看著他們好像沒有任何阻礙，隨便就能用各種藝術形式呈現自己的內心世界，他們都能夠形成某種神祕的網路，講著只有彼此聽得懂的話，敘述自己的作品表達了多少意義，擁有多少技術。我每一天在課堂上，都覺得自己像是盜版的，我好像是偷了別人的位置來到這裡，我根本什麼都不會。到底為什麼他們看起來在這個地獄還是可以這麼快樂？」

「就是那時候開始，有個非常喜劇、但非常有效果的想法跑出來了。那就是，難道我在人生的過程中，忘記領取什麼生活快樂手冊嗎？為什麼其他人都可以這麼正常快樂地生活，好像我站在遠遠的地方，中間有一大群人在跳舞，他們都超開心，他們都在嘲笑我把自己活成這種垃圾。」

「到底為什麼那個人這麼容易就快樂了？只不過是去看一場演唱會，不過是喝杯紅茶，我是說為什麼他可以只要一天做了那些事情就覺得已經夠了？就覺得快樂了？是我太貪心嗎還是他真的那麼庸俗？到底為什麼我就沒辦法像他那樣，我也去喝紅茶了，也去看演唱會了。我也有朋友啊，大家都喜歡我，那到底為什麼我還是不能像他一樣開心？」

「其實我在十七歲就開始使用望得糖了，但那時候還沒有什麼名正言順的原因，至少我當時想不出來，我只是希望自己能快樂而已。後來我進了療養院，我以為我四週過後就痊癒了，我出來就是個全新的人，因為電影或新聞報導總是這樣演的。好像療養院是個什麼神祕的場合，只要你進去，就能解決一切問題。後來我確實也停用了好一陣子，儘管中途我有使用其他東西，但沒有重新使用望得糖。是一直到大學開始了，我發現自己像是在地獄一樣，我說服了自己，為了創作，一個月一顆。對的，我說服自己只要用望得糖就會成為創作天才，因為那是電影和新聞報導總在演的，某某某創作者發現陳屍家中，疑似用望得糖過量。這樣的敘事總是讓我認為，他們之所以優秀，一定是因為使用望得糖的緣故。我相信，我可以比他們更加謹慎。我至少不會笨到望得糖過量，而且我不知道為什麼，就是相信望得糖一定可以阻止我那愈來愈嚴重的恐懼。」

「現在，我要告訴你第二件事情，是我當時已經有一個根深柢固的信念，認為自己就是一座屠宰場。」

「我通常會這樣解釋，我覺得我就像是半個巫師，有一半的時間會失去法力，每天都只能躲在房間無法離開，因為失去魔法的我，不確定自己是誰。那一半的時間，我總覺得自己會毀滅一切，不是因為我想，而是所有靠近我的人，都會被我的無用垃圾氣場毀滅，我會把所有關心我的人都碾成肉末。」

「有段時間我是真的上課結束後回到家只想躺在床上，不想講話，不想吃飯。我的妹妹，非常、非常棒的妹妹，她會到我房間來，把飯弄成很可愛的臉，上頭用青菜擺飾，她認為這樣我就會想吃，因為這樣會讓她想吃。我、我對她非、非常不好，常常讓她難過。每一次我要她出去不要管我，我都覺得，對，我就是那座屠宰場。」

「這也就導致了一個危險的循環。因為我認為自己是座屠宰場，所以我毀滅靠近我的人，這件事情被正當化了。這個道理幾乎像是信仰一樣，我確定自己就是座屠宰場，所以即使我會因為傷害了關心我的人而感覺難受，但我仍然傷害他們，並且確信我會繼續傷害他們。我不願意改變。畢竟屠宰場的工作就是要把所有東西碾成肉末，不是嗎？」

「這樣的想法不斷重複，繁殖，斷裂生長，最後變成一個非常牢固的信仰體系。在這裡，我想和各位說第三件事情，我認為我在第一次進入大學就讀時，面臨了很嚴重的『情緒負債』，預防你不知道我在講什麼所以去查字典，先告訴你：這是我瞎掰的詞。」

「這樣講好了，小時候如果被霸凌過，度過了受人欺辱的時光，比較不害怕了（但還是很害怕），或者說，『活下來了』。但你的經驗感受不會是斷代的，不會因為你活下來了，小時候受過的折磨就不算數了，事實上沒有什麼真正過了的事情。我們會不由自主記得當你表現不得宜，就會被人傷害、當你做自己，你就會被人攻擊，於是在活下來之後，我們或許偶爾受到一個人，用某一種方式攻擊自己，我們全身都會過度防備，在旁觀者眼中或許自己就真的是殺雞用牛刀，但那是因為情緒負債的緣故。因為在受攻擊者（我們）眼中，看見的不是這一個人，拿著稻草要來戳我，我們看到的是一百一千一萬個過去那些傷害過我們的人，全部從土裡復活，想把我們抓去燒死。那是因為我們所能體驗的基本受傷額度已經超標了，後來所有的風吹草動，都能讓我們爆炸。」

「這怎麼和我剛剛說的屠宰場有關係呢？就這樣解釋吧：當我深陷在那個『我是屠宰場』的信仰之中，並不代表我就真的成為屠宰場了。就像是你會闖紅燈，或可能看到有人走進大樓時，你會馬上按下電梯不想和別人一同搭乘。你這麼做，不見得是因為你完全沒有道德責任感，而是你的某種慾望讓你決定成為一個不那麼道德的人了——那並不代表，你不會覺得難過。」

「長年處在那個我是屠宰場的論述中，傷害了所有靠近我，想和我親密的人，我從未交過任何伴侶，因為我不認為他們能夠在我的自我毀滅風暴下倖存。但這不代表我不需要人際關係，不代表我不想被愛。這樣長期的你來我往，造成的後果就是，我在大學時，我開始用盡全力，裝成我是個正常人的模樣，因為我知道只要我稍微一表現出不太對的狀態，我就會讓所有人受傷、讓自己受傷。講起來好像很奇怪，呃，好啦我知道這聽起來真的很沒道理，但是這樣的，我認為自己從小被自己的內在，那個我是屠宰場的論述霸凌，後來好像只要一點點那個念頭又要冒出來時，我就會吞望得糖，望得糖馬上就會讓我感覺良好。我仍然能感覺到深處那座屠宰場又要開機運轉了，可是望得糖讓我，這麼講好了，讓我不那麼害怕它在我體內運轉的聲音。」

「我不是要說，那是我服用望得糖的唯一原因，但我相信，想要克服、關掉體內那個像是黑洞一樣在運轉的東西，是很大的原因之一。另一個我服用望得糖想要逃脫的事情，我自以為是地認為，是因為第四件我想告訴你的事情：我曾覺得周遭都是笨蛋。」

「就像我告訴過你的，我不懂其他人為什麼能夠快樂，這個世界這——麼——無——聊，你怎麼可以快樂？你怎麼可以在買那些垃圾文學作品，聽著垃圾音樂，看著垃圾新聞，你怎麼有辦法在這樣的垃圾人生中，還能感到快樂？為什麼那些人能夠這樣漫無目的談著藝術創作，談著要怎樣呈現更好的藝術作品，談著文字藝術和其他媒介的藝術品之間的差別，創造出那麼多沒有辦法幫助任何人的垃圾作品，還以為自己很厲害？到底為什麼？後來我得出了個結論，那就是，他們都太笨了。」

「他們都太笨了，他們不知道自己生存在一座孤島上，島早就荒蕪了。你知道在幾十年前我們甚至真的目睹過魔法嗎？現在我們剩下的就只有零星不可靠的新聞傳說在追尋什麼鬧鬼的屋子、哪個湖泊有條龍或者海底其實有水怪之類。你們到底知不知道我們距離那個全——都——是——魔——法——的時代，究竟有多近？才不過幾十年的時間而已，我們就全部都沒有了。我們活在沒有神的島嶼，我們被神遺忘了。你們怎麼還能快樂啊？難道你們沒有記憶嗎？」

「我想克服腦中不斷大喊的這種聲音，我想，以我最無用、愚蠢的方式，我想證明自己不是個壞人。我不想當那個對著別人喊說你怎麼這麼笨的人，但每當我聽著別人談未來，我都好想尖叫，我搞不懂他們怎麼可以談未來，在我們明明就根本沒有未來的時候。後來我望得糖愈用愈多，直到事情真的超過我的控制，呃，哈，我竟然真的曾經以為我能控制這件事情。我就這樣成為，嗯，一個徹底的成癮患者。」

「我希望，望得糖能夠讓我完整——這是我想告訴你們的第五件事情。」

「十七歲的我開始使用望得糖，那一瞬間，我就知道自己找到了，我找到一個讓我完整的方法了。一開始我告訴自己，一個禮拜只用一次沒有關係的，我甚至說服自己說，如果我能夠將望得糖切半，隔週服用，這樣幾乎就像是在治療慢性病，是絕對不會失敗的。有趣的事情是，望得糖會讓你感覺快樂，不是亢奮，不是雀躍，是，我只能這樣講，就是『快樂』，因為那是一種我從未有過的感覺，我相信那就是快樂。任何其他東西都無法替代，我希望你相信我，因為我真的用過幾乎所有我能找到的東西了。」

「儘管是在我開始注射望得糖到我體內，為了享受更迅速強效的快感，我都有個非常清楚的認知，我想要自己體內這種不完整的感覺消失，我想要填補、塞滿我體內那座不斷運轉的屠宰場，我想讓它爆炸。我想要它停止。我想要『快樂』。這聽起來超俗氣，但真的，那幾乎是每天我都在渴求的事情。從我小時候，不知道多早開始，就是我的夢想。我想要快樂。我，我想要快樂。」

「無論是在使用望得糖期間，或者從前斷斷續續戒除又復發之間，我總是不斷詢問自己一個問題，究竟我是怎麼長成自己這個樣子的？我不覺得我的父母有傷害過我，至少不是以那種，大家會以為成癮患者經驗過的悲慘童年那樣傷害。有段時間我注射望得糖後躺在地板上抽搐，我想著的是，如果我是其他父母的小孩，會不會我就不需要使用這些東西了——呃，我得努力誠實才行，其實我和我的父母說過這樣的話。」

「這或許有些殘酷，但我想告訴你，那個空洞，那個體內不斷運轉的屠宰場聲音，或許是不會停止的。你不會真的找到這種感覺發生在自己身上的原因。因為不是任何一件事情讓你變成這個樣子的，是每一件事情。是每一件你本來該做、卻沒有做的事，每一句你本來該說但沒說出口的話，每一個你應該好好對待、卻沒有好好對待的人。不會因為被你傷害過的人原諒你了，你就變得快樂。或許你會快樂幾天，但你這輩子一直感覺到的，缺了一個大洞的空虛，那是不會停止的。」

「很多成癮患者的家人、朋友，或者陌生人，都會很好奇一個問題，就像我當初也那麼好奇一樣，如果今天我改動一點你的歷史，你是不是就不會變成這樣了？但事實上，這都是虛假的思考，因為你不可能把一個人從他的成長環境拔起來，說只要他不經驗到這些事情就不會成為這樣的人。你不知道一個人是不是真的是那樣，那樣的疑問只是在可能性中尋求安慰而已。你無法改變已經發生過的事情，壞掉的就是壞了，一個人所缺乏的，事實上根本無法被真正補齊。人是不會有真正痊癒的那天的。」

「但我現在想告訴你們的事情是：有時候知道這件事情，就是癒合的開始了。你或許會死於嘗試，癒合到至死方休；但重點是，開始癒合後，每一天，每一天你都癒合一點點，最後有一天你會發現，好像沒有那麼痛了。有一天你會真的可以呼吸，不再感覺自己只要一用力就會全部碎開，那座屠宰場沒有那麼常發出運轉的噪音了。但那是每一天的工作，是非常無聊，但非常危險的旅程，這不像是一般故事中會讓你看到的，旅程中有魔龍，有水怪，有幽浮，這就是一條路，非常長，非常長，你可能一輩子都走不完的，一條筆直的路。就像刷牙漱口一下，那樣沒有任何榮耀，那就只是每天你都要做的事情而已。就是這般無聊，才這麼危險，因為真的，真的，太無聊了。」

「我想要告訴你最後一件事情，這是一個小故事。」

「你、你不是說只、只有五——」

「曾經有一個笨蛋，儘管他知道清醒這件事情真的是個決定，是人選擇做出的決定。康復之旅漫無止盡，但他認為自己很強壯了，至少比從前還要勇敢，他知道自己一個人也能走得下去。那個笨蛋在路上走著走著，意外遇到另一個聰明蛋，聰明蛋想要陪笨蛋走在那條路上，捏造事件讓笨蛋去做，陪笨蛋在沙灘上撿垃圾，陪伴笨蛋去任何想去的地方，儘管好像是繞了遠路。聰明蛋就算很痛苦，也還是沒有離開。笨蛋希望聰明蛋知道，他終於了解那條路不見得需要自己走了，他終於可以確定屠宰場機器運轉的聲音好像變小了，好像能夠，偶爾，儘管非常少，偶爾能夠真的快樂了。笨蛋開始有情緒餘額，能夠投資給更多東西、更多人，笨蛋終於知道自己就是個笨蛋，卻發現自己好像沒有那麼不完整了。笨蛋希望聰明蛋知道，自己很感謝他在。」

「謝謝大家收看我們的頻道，那我們下次再見囉。」

V

20

你不會以為我忘記你了吧？

你不會相信，就連我自己也不會相信，我現在比任何時刻都更需要你。

三天前我們從大學開車回家，除了原先我並不算多的行李之外，還多了好幾本不是我的書籍，那都是阿藍在讀書會上新認識的朋友送給他（和我）的，非常幽默的裝滿了一整箱的性別論述書籍和幾本小說，我滿意外。原本以為他們只會塞滿那種經典「純」文學作品，像是你在文學通識課堂會聽到教授說什麼，你一定得讀這本這本影響了整個世代，之類的那些書籍，但他們卻塞了許多青少年成長小說在裡頭。

阿藍在車上用他那誇張的語調幾乎表演式地展演了一本情節聽起來相當熟悉的小說，內容是第一人稱女主角愛上一個她以為愛她但其實愛他的故事。他大喊著女主角的臺詞「我希望你在乎我像在乎他那麼多」還流下幾滴眼淚，整個車程就在他把自己當成有聲書之中度過了。

回到家後，阿藍和我一同將行李從車子搬回房間，放到地板上後他大聲嘆了氣，隨後直接拉著我躺到床上，我們在床上聊著到底應該如何解決水母瘟疫，如何有效地清除海洋中的水母災難，我不敢相信我竟然他馬的真的在和別人談這種沒有意義的問題。我們聊著聊著，不小心就睡著了，等到我們醒來時，是母親站在門口告訴我們晚餐已經準備好了，外頭天色黑到幾乎像是能把每個人都吃掉。

回來後的第一天，阿藍在和我晨跑過後，不知道又跑去哪兒了，等到我洗完澡擦乾身體，開始整理一些我離開這裡前往忘得窩本部報到的行李，大約是下午夕陽照進窗戶時，他從外頭跑回來，叫喚著我。我隨他走了出去，他行走的路線很明顯是要前往我們的祕密洞窟，我跟在他後頭，他則不斷大喊著我的名字。當我爬進洞窟內，我發現那顆幾天前不小心從屋頂摔下的獸型頭骨就在裡頭，顯然阿藍整個上午下午都在這裡黏合這顆頭骨。

阿藍一臉驕傲地向我展示他的藝術成果，我忍不住笑了起來，我告訴他我們應該把兩個頭骨擺在一起才對，他張大雙眼喊著對啊對啊，拉著我離開洞窟，跑回屋子內，拿了另外一顆還完整無缺的獸型頭骨，抱著那頭骨便又跑向洞窟。當我們站在洞窟外，他拿著頭骨，他才想到這顆頭骨的體積太大，塞不進那個我們都得用鑽的才能鑽進的洞窟入口——這也就代表裡面那個重新拼裝好的頭骨，除非打碎，否則是也拿不出來的。

正當阿藍困惑著要用怎樣的角度將頭骨塞進洞口，我將他手中的頭骨拖走，跑到一旁空曠的平地，把頭骨放到地板上，從附近找了塊大石頭，用力砸了幾下，頭骨一開始只是露出明顯的裂縫，在我繼續幾次敲擊之下，頭骨終於碎了開來。阿藍馬上脫下上衣，將大部分細小的碎片撿到上頭包起，我則是脫下衣服將其餘稍微大塊一點點的部分收齊，隨後兩人一起小心翼翼地爬到大石群上，先將衣服包起的骨頭碎片塞進洞窟內，而後再進入洞窟裡頭。

我們在洞窟內拼著頭骨，等到我們離開洞窟時，天色是真的黑到像是野獸的肚內了。

回來後的第二天，阿藍和母親前去迷思獸農場，沒有帶上我，阿藍說是個什麼「神祕計畫」，我便待在屋子中，翻著讀書會成員們送給我們的書籍。阿藍將手機留在房間，以方便我使用網路，我無聊時便滑了滑忘得讚，刪掉了幾個從前的同學，新增了幾個讀書會認識的人。我發現阿藍在一早，發了一張我在睡覺的限時動態。

正當我在樓下廚房吃著準備好的三明治當作晚餐之際，阿藍那傢伙和母親一同回來了，阿藍用力抱住我，告訴我迷思獸老闆雇用了他，他現在是迷思獸農場的工作人員了，主要工作是照顧迷思獸。在阿藍一臉愉悅地跑上樓洗澡之際，我看著一旁喝著水、盯著我瞧的母親，我抓了抓後腦杓假裝沒注意到她的視線，跟著阿藍上了樓梯。

今天我醒來時，阿藍不知道跑去哪裡了，我注意到時間幾乎已經中午了，不敢相信我竟然睡到這個時刻，我跨過我已經整理好的行李，連忙刷牙洗臉，走下樓時，發現外頭庭院的餐桌擺滿食物，陽光照在坐在椅子上的眾人，我的母親，我母親的男友，我的父親，我父親的伴侶和他們的朋友，還有阿藍，馬的，阿藍——明天是忘得窩的報到日，我下午的時候必須搭上火車，該死，我覺得眼睛熱熱的。

透過窗戶，阿藍看到我，向我揮了揮手，我點了點頭，低下頭用力眨了眨眼睛，打開門走出門外，我加入了大家的用餐，這時候大家也才剛開始享用食物沒多久。阿藍顯然食慾比前些日子好多了，但仍然不像是他一開始來到這裡時那樣好。我不太確定他有沒有可能恢復成剛來的時候的那個樣子。

當母親提到迷思獸農場，和大家說阿藍將在迷思獸農場工作時，其中一個朋友大力抗議，認為戒癮應該是要完全迴避所有藥物和酒精，簡單地說，就是必須避開任何可能成癮的東西。他大力抨擊迷思獸農場老闆做為一名醫生竟然鼓吹成癮患者使用這類型的用品，他甚至指出迷思粹根本不應該是合法的——他並且指出菸酒也該列為管制品，甚至最好禁絕。

黑貓在母親友人大力批判以及和母親爭論時，悄悄蹭了蹭我的腳踝，我低下頭就對上牠黃色的視線，牠看了我一眼後便轉身跳上阿藍的大腿，阿藍笑著摸了摸牠的身體，替牠按摩脖子，沒多久牠便發出舒服的咕嚕聲。

在母親友人說到阿藍根本不該去那裡工作時——馬的這個人怎麼這麼煩啊，明明迷思粹經過研究就已經證明對戒癮康復有一定程度的正面效用，如果真的要禁絕所有可能成癮的產物那乾脆把地球直接炸掉算啦——所有人都忽然轉過頭看向我，我愣了幾秒才意識到我不小心把話給說出來了，該死，為什麼你不阻止我？

大家都笑了，連母親友人也跟著笑了起來，接著又是繼續和母親爭論成癮用品這類沒意義的議題。坐在我旁邊的阿藍拍了拍我的肩膀，露出一個開朗的笑容。

我現在坐在車站旁的長椅一端，提著一個行李箱，背著後背包，其他用品我將會直接在進入忘得窩員工宿舍後購買。我一個人被母親載到車站，阿藍因為迷思獸農場有一大批新的迷思獸剛孵化，老闆亟需協助，午餐吃完後便先和我告別了。我們站在門口，母親坐在車裡，我抬起頭看他，我真的不喜歡他的身高高了我一些，我已經很高了，他根本像是巨人。

他向前抱住了我，我輕拍了他的背，告訴他我們會保持聯絡。

坐在車上的我和母親一開始沒有說話，她只是笑著看了看我，騎著車，抽著迷思粹，一副自在的樣子。我很想問她，究竟她是怎麼應付每一個房客，怎麼讓每一個人進入她的人生？她是怎麼接受每一個，那些生活中充滿跌倒挫敗、受過傷的人進入她的生活？她難道不害怕他們恢復成原先那種模樣嗎？

這些年來，我遇過那麼多個房客，好幾個都已經復發了，有的還有回來尋求母親幫助，我親眼看過他們在母親面前痛哭，我隔著牆聽過他們因為副作用發生而痛苦抽搐的聲音。我聽過母親告訴他們：沒有關係的。那聲音像咒語，我這些年聽過母親講了這麼多次，但真的沒有關係嗎？那麼多人進入自己的生活，她是怎麼接受他們又一次在自己面前碎開的？有些房客後來再也沒有音訊，有幾個目前現況仍然保持良好，但沒有再返回這裡了。

你要怎麼接受那些會離開的人，進來自己的世界？

母親將車子停在車站前，擁抱了我，我看著她，很想問她究竟她是怎麼辦到的，但我實在問不出口，畢竟母親一定會馬上知道我在想什麼——我想你也是知道的，我並不是真的想問她這件事情，我真正想要問她的，是她怎麼讓那些人離開的。

我大概提早了半個小時左右抵達火車站，一個人坐在那兒看著一輛又一輛不是我的火車經過，應該是過了二十多分鐘，阿藍忽然跑了出來，從遠遠的地方，手裡拿著兩瓶玻璃瓶裝好的水。他走到我身邊，坐到我一旁的椅子上，將一瓶水遞給我，大口大口喘著氣。

「我拜、拜託老闆先載我來這裡，超怕趕不上，還好還好。」

我打開玻璃瓶蓋，喝了一口水，看著他，問道：「你、你不是要幫、幫老闆忙嗎？」

「牠們可以等，那些小動物又跑不走。」阿藍聳了聳肩，「現在我有更重要的事情。」

我們坐在火車前的長椅上，他就在我旁邊，他輕輕將頭靠著我的頭，伸手攬住我，玩弄著我的頭髮。我看了看手中的火車票，大約不到五分鐘，火車就要來了。我側過頭看著他，他笑起來，看上去還是有些疲勞，顯然力氣也還沒有完全恢復，我真的不確定他有沒有辦法恢復成他剛來到這裡時的那個模樣。

我吞下口水，忽然開口：「還、還是、是我、我我我我們去旅行好了？」

「啊？」阿藍皺起眉頭問道。

「我、我可以延後入住，至、至少我還可以延、延後一、一個月吧？現在去的話，你、你去買車、車票應、應該來、來得及，我、我們可以搭、搭去其他地、地方。」我看著他。

阿藍眨了眨眼睛，他沒有立刻回應我，我以為他會馬上點頭露出笑容。

「不可以。」阿藍搖了搖頭。

「為、為什麼？」

「你現在是在擔心我。」阿藍笑了起來，伸手揉了揉我的頭髮，「不要誤會，我超想和你一起旅行，但不是現在。」

「為、為什麼不、不是現在？」

「因為你有你想做的事情，你想去忘得窩工作，你想拯救世界。」阿藍忍著笑，我可以看得出來他盡全力不要顯得過度歡樂和過度悲傷，「當然我覺得那很蠢啦，但你可能做得到吧，所以你要去試試看。我是不會讓你為了我留在這裡的。你就去拯救世界，改變那個超級大企業，從內部破壞他們！啊不對，這樣你就是反派了欸。」

「你、你確定？」我眨了眨眼睛，馬的，眼睛好熱。

母親到底是怎麼做到的？她是怎麼讓其他人離開的？

「就這樣吧，你每天工作的時候，可以花一分鐘擔心我。」阿藍伸出食指，「每天你在忘得窩，當間諜偷取資料，想辦法改變超級恐怖大企業的時候，你可以花一分鐘，擔心我，然後你就繼續偷。我會好好在這裡的，你休假時回來，我們可以見面，平常我知道你很愛滑忘得讚，我也會開始認真一點滑。欸火車來——」

我用力抱住阿藍，不讓他繼續說話，我應該要說點什麼的，火車真的來了，我也沒有時間了，但我應該要說什麼的。為什麼我什麼話都說不出來？馬的，快點說個什麼啊。阿藍也沒有說話，顯然因為我主動抱住他的舉動而有點愣住，最後他將手輕輕放到我後腦杓，他的指尖埋入我的頭髮揉了揉，我將鼻子埋在他的頸項——該死，馬的。你還在這裡吧？我該怎麼辦？你覺得我應該怎麼做？為什麼我這麼不想離開？

我到底應該怎麼做才好？

寫作是沒有榮耀的事情

我在二〇一七年初，開始書寫顏色系列第一本小說《少年粉紅》，我預計顏色系列小說最多想出到七本，打算藉此創造一個顏色世界觀，彼此相關但並非延續作品，我非常確定我想要每一本小說都能夠自己獨立。儘管做為一個從二〇一六年才開始意識到小說故事創造奧祕的人而言，這樣的痴愚幻想顯然是太過囂張了，但現在，這是第二本了。

在前年快要寫完《少年粉紅》的時候，我開始出現一些不是那本小說中的畫面構想，起初我都只是隨手將其記錄到紙卡上貼到牆壁，並未多做他想，因為許多寫作過程中的額外想法最終都無法成為可執行的故事。我曾經擁有一面牆壁，上頭總是貼滿我手頭上正在進行的小說提示記錄，我會將已經寫出來的紙卡撕下來，當時《少年粉紅》的提示紙卡已經只剩下幾張了。我將額外冒出來的畫面寫成小卡貼到牆壁的左側，暫時不知道它們的來歷。在牆上的畫面大致上有：一個人待在自己黑暗的洞窟、兩個人待在那原本黑暗但此刻有微光的洞窟、海，死掉的鯨魚、全身雪白藍色雙角的人工巨獸及骨頭碎片，還有糖果店。直到我腦海中出現一個人看著鏡頭和鏡頭說話，他忍著不讓眼淚掉下來，問鏡頭（其實是問我）：「我究竟該怎麼辦？」那時候是我正將《少年粉紅》完成不久，我抬起頭看向已經默默爬滿了整面牆壁的紙卡，我知道那就是我的第二本小說了。

儘管明白第二本小說的世界坐落位置，也不代表書寫就非常容易，這本小說寫作的整體過程對我而言非常漫長，從構思到實際執筆，一直到執筆數月後整本重寫一次，數次崩潰幾乎以為自己將再也無法繼續，失去魔法的巫師，儘管還記得咒語念法，但無法施展咒語，那還算是巫師嗎？小說寫作的實踐是艱難危險的，除了要克服自身書寫能力的不足，更要克服那根本沒有夢幻感的寫作過程。

寫小說的過程是一點都不榮耀的，就像刷牙、洗臉、保持清醒不要復發一樣，是完全沒有夢幻感的事情，正是因為這樣，路途才更為艱難，沒有超級英雄會跑出來救你，沒有惡霸讓你成為受害者，真愛之吻不能解決一切困難，這是個沒有冒險，沒有金幣，沒有什麼獎賞，就只是，每天都要做的事情。不過也就像保持整潔保持清醒讓自己能更存在於這個世界一樣，我希望寫小說，是我能繼續下去，每天都要做的事情。

《藍色是骨頭的顏色》為男主角吉拿在他稱之為「鬼月」的月份中，和成癮患者阿藍相遇，認識彼此，接納彼此，並且認識自己的故事。我在顏色系列小說中，希望完成的一件事情，是讓故事的角色「移動」。我對移動這個概念非常著迷，一個人究竟是怎麼從這裡，移動到那裡的？我非常好奇這件事情。或者可以直接說，我希望我這系列的小說，都能被視作某種層面的成長小說。我希望這個系列每一本書，都能夠讓讀者陪伴主角展開成長之旅，並且隨著閱讀體驗讓這些故事個人化，成為自己的經驗，反思周遭我們總是視作裡所當然的事情。

有些思考是沒有實際出現在這本小說，但寫作過程中總是浮現的，如同地底的伏流，河水中的漩渦，在小說世界底土中提供某種魔力的來源——究竟愛能夠替我們做些什麼，究竟愛算什麼。愛是不是沒有辦法拯救任何東西？畢竟愛無法拯救你在一段穩定伴侶關係中不成為被不忠的對象，愛甚至也無法阻止你自己不忠。愛無法拯救你怎樣寫小說都沒人想看，愛甚至是無法緩解傷痛的。愛無法阻止人權成為票選數字，愛無法抵抗假新聞。所以，愛究竟作用何在？

現在的我相信，愛是你要去拯救的東西。你要去抗爭的。你要去反抗的。你要在每一次幾乎認為無以為繼之後，繼續爬下去。愛是你要去捍衛的東西，是造成你如此痛苦的根源——沒有東西會來拯救你，戀愛不是人生的解藥，不是那些美好的東西拯救了你，而是為了守護那些美好的東西，你決定繼續。當然你也可以什麼都不要。就像是清理自己，保持清醒，不是因為清醒這件事情能夠拯救我，而是因為清醒對我而言很重要，而我決定繼續，即使非常痛苦無聊。一切似乎都能和寫作做為呼應。

感謝編輯國治允許我對作品的恣意妄為任性難搞，我不敢想像這個小說世界如果不是因為你還能因為誰開展出來。感謝ＨＷＣ成為除了我自己之外這本故事的第一個讀者。感謝ＤＤ讓我確定這一個故事是可以發展的。感謝在我構思作品正式下筆前，被我追問臺灣醫療體系、藥物問題的醫生Ｚ和Ｈ。

感謝閱讀到這裡的所有人類非人類。

你覺得吉拿應該怎麼做？

嬉文化

藍色是骨頭的顏色

著　　者／潘柏霖
執 行 長／陳君平
榮譽發行人／黃鎮隆
協　　理／洪琇菁
總 編 輯／呂尚燁
執行編輯／楊國治
封面插畫／YAYA
美術編輯／李政儀
國際版權／黃令歡、梁名儀
文字校對／施亞蒨
內文排版／謝青秀

出　　版／城邦文化事業股份有限公司 尖端出版
台北市中山區民生東路二段一四一號十樓
電話：（〇二）二五〇〇—七六〇〇
傳真：（〇二）二五〇〇—二六八三
E-mail：7novels@mail2.spp.com.tw

發　　行／英屬蓋曼群島商家庭傳媒股份有限公司城邦分公司 尖端出版
台北市中山區民生東路二段一四一號十樓
電話：（〇二）二五〇〇—七六〇〇（代表號）
傳真：（〇二）二五〇〇—一九七九

中彰投以北經銷／楨彥有限公司（含宜花東）
電話：（〇二）八九一九—三三六九
傳真：（〇二）八九一四—五五二四

雲嘉經銷／威信圖書有限公司 嘉義公司
電話：（〇五）二三三—三八五二
傳真：（〇五）二三三—三八六三

南部經銷／威信圖書有限公司 高雄公司
電話：（〇七）三七三—〇〇七九
傳真：（〇七）三七三—〇〇八七

香港經銷／城邦（香港）出版集團有限公司
香港灣仔駱克道一九三號東超商業中心1樓
電話：（八五二）二五〇八—六二三一
傳真：（八五二）二五七八—九三三七
E-mail：hkcite@biznetvigator.com

新馬經銷／城邦（馬新）出版集團Cite（M）Sdn. Bhd.
E-mail：cite@cite.com.my

法律顧問／王子文律師 元禾法律事務所
台北市羅斯福路三段三十七號十五樓

二〇一九年四月一版一刷
二〇二三年一月一版四刷

■中文版■

郵購注意事項：
1. 填妥劃撥單資料：帳號：50003021戶名：英屬蓋曼群島商家庭傳媒(股)公司城邦分公司。2. 通信欄內註明訂購書名與冊數。3. 劃撥金額低於500元，請加附掛號郵資50元。如劃撥日起 10～14日，仍未收到書時，請洽劃撥組。劃撥專線TEL：(03) 312-4212 ・ FAX：(03) 322-4621。E-mail：marketing@spp.com.tw

國家圖書館出版品預行編目資料

藍色是骨頭的顏色 / 潘柏霖作. -- 1版. -- [臺北市] : 尖端, 2019. 04

面； 公分

ISBN 978-957-10-8521-0 (平裝)

874.57 108002451